삼십 년 뒤에 쓰는 반성문

삼십 년 뒤에 쓰는 반성문

초판 1쇄 발행 2010년 8월 9일
초판 8쇄 발행 2013년 10월 25일

지은이 김도연
펴낸이 주일우
펴낸곳 ㈜문학과지성사
등록번호 제1993-000098호
주소 121-840 서울 마포구 서교동 395-2
전화 02) 338-7224
팩스 02) 323-4180(편집), 02) 338-7221(영업)
전자우편 moonji@moonji.com
홈페이지 www.moonji.com

ⓒ 김도연, 2010. Printed in Seoul, Korea

ISBN 978-89-320-2067-9

* 이 책의 판권은 지은이와 ㈜문학과지성사에 있습니다.
  양측의 서면 동의 없는 무단 전재 및 복제를 금합니다.

삼십 년 뒤에 쓰는 반성문

김도연 장편소설

문학과지성사
2010

차례

삼십 년 뒤에 쓰는 반성문 7

진부의 송어낚시 181

작가의 말 209

1

"자네는…… 내가 내준 숙제를 왜 아직도 제출하지 않고 있나?"
"예? 무슨…… 말씀이신지?"
"……반성문 말일세."
"반성문요? 아, 예……"
 병상에 누운 선생님은 힘겹게 고개를 끄덕였다. 일단 대답은 얼버무렸지만 나는 선생님의 말씀을 이해하지 못하고 있다는 표정을 만들었다. 반성문이라니요? 내 눈은 그렇게 말하고 있었다. 삼십 년 만에 만난 선생님이었다. 그것도 병마와 싸우느라 지친 선생님의 입을 통해 제출하지 않은 숙제 얘기를 느닷없이 들을 줄은 상상도 하지 못한 터였다. 나는 재빨리 선생님의 표정을 살폈지만 어디에서도 농담 비슷한 걸 찾을 수 없었기에 난감했다. 순식간에 숙제를 하지 않고 등교한 어린 시절로 되돌아가 고개를 숙인 채 손가락만 만지작거리고 있는 기분이 되었다. 오랜만에 제자들을 만나 농담을 한 거였다고 선생님이 파안대소를 해주었으면 싶었다. 하지만 침대에 누워 있는 선생님의 핏기 없는 얼굴은 웃음과는 거리가 한참 멀어 보였다. 병문안 자리가 점점 무거워지고 있었다. 나는 함께 둘러서 있는 친구들의 도움을 기다렸지만 녀석들의 입술도 무겁게 붙어 있긴 마찬가지였다. 일이 바쁘다는 핑계를 대고 애당초 병문안 오지 말았어야 했다. 삼십 년이라는 세월이 흘렀는데도, 더욱이 위급한 병환에 시달리는 와중에 왜 그 이야기를 꺼내는 것인지 이해할 수 없었다. 나이 마흔이 넘은 제자를 아직도 코흘리개 중학생으로 여기는 듯한 선생님의 태도에 화가 날 지경이었다. 반성문이라니? 사람들이 선생들을 좁쌀이라고 비하하는 이유를 알 것 같았다. 지금 왜 반성문 얘기가 나온단 말인가! 하지만 중환자실이니만큼 나는 표정관리를 해야 했다. 적당히 애매한 눈빛으로 타협의 사를 표시했지만 선생님의 눈빛은 변함이 없었다. 친구에게 끌려 얼떨결에 따라온 병문안 자리가 슬슬 지겨워지고 있었다. 화장실 핑계를 대고 병실 밖으로 나가고 싶은 마음이 간절했다.

"……기억나지 않는 모양이군."

선생님의 얼굴에서 핏기 없는 주름살이 슬프게 꿈틀거렸다.

"예. 잘…… 기억나지 않네요. 제가 무슨 큰 잘못을 저질렀나요, 선생님?"

"돌아가면서 잘 생각해보게."

"선생님, 이놈이 소설가인데도 우리들이 함께 지낸 어린 시절을 잘 기억하지 못하더라구요. 기억을 해도 대부분 엉터리로 기억하고."

친구가 과장된 목소리로 입을 열었다. 친구들의 입에서도 슬금슬금 미소가 피어났다. 비로소 병실 분위기가 조금씩 밝아지고 있었다. 나는 침대 곁에서 슬그머니 몇 걸음 물러났다. 아무것도 기억나지 않는다는 눈빛을 거두지 않은 채. 젊었던 선생님의 얼굴이, 코흘리개였던 우리들의 얼굴이 지난 삼십 년의 세월 동안 변해버렸다는 것밖에는 모르겠다는 듯. 기억을 떠올릴 만한 아주 작은 흔적 정도야 남아 있겠지만. 나는 선생님의 코 옆에 있는 검은 점을 훔쳐보며 마지못해 고개를 끄덕였다.

그런데…… 대체 선생님은 지난 삼십 년 동안 반성문만 생각하며 살았던 걸까?

2

"길어야 세 달이래."

"그 핑계로 또 술 마신 거지?"

아내는 내가 마신 술에만 초점을 맞추고 있어 조금 섭섭했다. 대학 후배에서 출발해 친구로 옮겨갔던 아내가 언제부턴가 조금씩 아내의 자리를 찾아가고 있어 나는 집에 들어와서도 외로움을 느끼고 있었다. 뒤늦게 만나 뒤늦게 결혼한 우리에게는 아직 아이가 없었기에 더더욱 그러했다. 아내는 아이를 낳는 것에 회의적이었고(경제적인 이유도 있지만 아내의 나이도 만만찮다), 나는 내심 바라고 있었다. 그 생각들이 조금씩 부딪히고 있었다. 친구라는 자리와 아내라는 자리는 그곳에서부터 조금씩 길을 달리했다. 우리는 언젠가부터 그곳, 미지의 아이 근처를 지나칠 때면 조용히 숨을 가다듬었다. 아내의 입장을 모르는 것도 아니었고 아내 또한 내 입장을 모르지 않았기에 서로에게 강요할 순 없었다.

"직접 물어보지 그랬어?"

"글쎄……"

술김에 나도 모르게 선생님의 반성문 얘길 꺼내놓은 걸 후회했지만 돌이키기엔 늦어버렸다. 아내의 눈은 이미 호기심으로 반짝이고 있었다. 병문안을 마치고 시작된 술자리에서 짐짓 웃음을 흘리며, 오랜만에 만난 친구들에게 혹 나도 모르는 반성문에 대해 기억나는 게 있냐고 묻기까지 했던 게 결국 화근이었다. 친구들은 모두 어린 시절 한 번씩은 썼던 반성문과 선생님의 병환을 걱정하며 술잔을 기울이는 것으로 끝났지만 아내는 달랐다.

"엄청 큰 잘못을 저질렀나 보네. 당신, 일부러 기억하지 않으려는 건 아니지?"

"아니야."

"병문안도 가고 싶어 하지 않았잖아?"

"그건 다른 문제야."

"뭔데?"

친구의 전화를 받고 망설인 것은 사실이었다. 중학교 2학년 때의 담임선생님 병문안을 가자는 전화였지만 나는 선뜻 확답을 해주지 못했다. 마음 같아선 딱 부러지게 거절하고 싶었다. 병문안을 계기로, 요즘 들어 유행처럼 번져가는 동창회 열풍에 휩쓸릴 것 같다는 느낌을 받았기 때문이었다. 추억으로 수제비나 뜨는 동창회라면 질색이었다. 게다가 선생님은 내 얼굴도 기억하지 못할 게 틀림없었다. 더욱이 다른 일도 아닌 병문안이었다. 그 자리에서 내가 어떤 표정을 지을지 자신이 없었다. 어떤 의례적인 위로의 말을 건넬지도. 사실 나는 유독 장례식장이나 병문안 가는 일에 부담을 느끼는 타입인지라 친구에게 거짓말을 하지 않을 수 없었다. 친구는 내 변명을 한마디로 잘랐다. 선생님이 너를 보고 싶어 해. ……나를? 왜? 나는 별로 보고 싶지 않은데.

"어린 시절 당신은 어떤 학생이었어?"

"왜?"

"보통 반성문은 문제아들이 많이 쓰곤 했잖아."

아내는 나를 문제아로 몰아가고 있었다. 나는 자세를 바로잡고 앉아 졸린 눈을 부릅떴다.

"지극히 평범했어."

"아닌 것 같은데. 평범한 학생이 쓰지 않은 반성문을 지금껏 기억하고 있을까? 아냐. 그러면 당신 말대로 평범했는데 돌이킬 수 없는 사고를 친 적은 없어?"

어느새 탐정으로 변한 아내의 눈매는 매서웠다. 마치 자습 시간에 떠들고 장난친 아이를 잡아내 칠판 귀퉁이에 이름을 적는 부반장처럼. 점심 시간에 몰래 학교 담을 넘어가 구멍가게에서 과자를 사먹고 돌아온 아이를 적발해내는 주번처럼. 청소 당번인데도 수업이 끝나자마자 냇가로 달려가 돌낚시를 하는 아이를 찾아내 겁을 주는 분단장처럼. 나는 냉수를 한 컵 마시고 심호흡을 했다.

"사소한 실수는 있었겠지만 난 정말 평범하고 평범한 아이였어."

"점점 미궁으로 빠져드는군! 결국 방법은 한 가지밖에 없네."

"그게 뭔데?"

"당신 선생님한테 직접 여쭤보는 수밖에. 선생님 성함이 어떻게 돼?"

아내는 전화기 앞으로 다가갔다. 전화를 걸겠다는 자세였다.

"안 돼! 지금 시간이 몇 시야! 그리고 중병과 싸우시는 분이잖아!"

"음. 그건 그렇네. 그러면 내일 당신이 직접 찾아가 어떤 반성문을 쓰지 않았는지 여쭤봐. 알았지?"

"당신이 왜 더 열성이지?"

"내 남편의 자존심과 관련된 일이잖아. 그건 나의 자존심이기도 해. 또 당신이 써야 할 반성문을 삼십 년 동안이나 쓰지 않고 모른 척 버텼다면 그것 또한 중요한 문제야. 만약 당신이 여쭤보지 않으면 내가 직접 알아볼 거야."

슬슬 머리가 지끈거렸다. 술 마시고 들어온 핑계를 늘어놓다가 엉뚱한 그물에 걸려든 꼴이었다. 아내는 정말 그러고도 남을 사람이었다. 혹 떼려다 혹 붙인 결과고 개울에서 가재 잡다 돌부리에 걸려 넘어져 무릎을 깬 거나 다름없고 설상가상 주머니 속의 휴대폰이 물을 먹고 먹통이 된 상황이었다. 나는 그 곤경에서 빠져나오려고 허둥거렸다.

"선생님이 착각한 게 아닐까? 다른 아이와 나를."

"그건 아니란 느낌이 강하게 들어."

"왜?"

"평범하지만 어쨌든 당신은 소설가니까."

"그거랑 반성문이랑 뭐가 비슷한데?"

아내는 내 질문에 잠시 생각에 잠기더니 이윽고 회심의 미소를 지었다.

"당신, 모르고 있지? 당신 소설에는 어린 시절 얘기가 전혀 없다는 거."

"어린 시절?"

나는 서서히 침묵 속으로 빠져들었다. 그동안 내가 쓴, 얼마 되지 않는 이야기들 속으로 천천히 헤엄쳐 들어갔다. 두근거리는 마음을 진정시키며. 가능하다면 아내의 머릿속으로 들어가 반성문 얘기를 지우개로 박박 지워버리고 싶을 정도였다. 그렇지만 아무리 지워도, 지워버리려 애써도 오히려 또렷하게 도드라지는 게 있는 모양이다. 어린 시절로부터 영영 멀어졌다고 여기며 겨우 안도의 한숨을 뱉어냈는데, 동창회에 나오라는 동창들의 숱한 전화를 간신히 지치게 만들었는데…… 병상에 누운 선생님이 직접 나서서 반성문을 거론하다니…… 나는 침묵 밖으로 불쑥 고개를 내밀고 아내의 눈을 바라보았다. 아내는 마치 내 생각을 읽었다는 듯 고개를 끄덕였다.

"당신 선생님도 알고 있을 거야."

"무얼?"

"당신 이야기들 속에서 사라진 어린 시절에 대해."

콩콩거리던 가슴이 점점 쿵쿵거리기 시작했다. 정체를 알 수 없는 그 무엇이 북을 울리며 심장 속으로 천천히 진군해 들어오는 느낌이었다.

"그게 반성문이랑 무슨 상관이 있다는 거야? 내 소설은 어린 시절이 필요 없기 때문에 다루지 않은 것뿐이야! 대체 당신까지 왜 그래?"

격앙된 마음을 누그러뜨리려 했지만 이미 내 말은 입 밖으로 달아나버린 뒤였다. 아내는 다행히 놀란 표정을 짓지는 않았다.

"내일 다시 선생님을 찾아가봐."

"싫어!"

"길어야 세 달이라며?"

아내는 냉장고에서 맥주를 꺼내 왔다. 나는 아내가 따라 주는 맥주를 말없이 마셨다. 거실 밖 마당에선 목련이 피어나는 봄밤이었다. 나는 선생님이 누워 있는 삭막한 병실을 떠올렸다. 아내는 다시 내 빈 잔에 맥주를 채워주었다. 그리고 뒤에서 나를 목련처럼 따스하게 껴안았다.

"어쩌면…… 당신이 잃어버린 무언가를 찾을 수 있을지도 모르잖아."

3

(밤새 나는 악몽에 시달렸다. 마치 그동안 꾸었던 악몽을 모두 모아 다시 꾸는 것 같았다. 하룻밤 동안에. 악몽을 담은 도시락은 당연히 내가 쓰지 않은 반성문이었다. 아니, 아니. 반성문의 가장 깊은 곳에 있는 바로 그것이었다.)

4

 도시를 떠돌다 적응하지 못하고 어쩔 수 없이 고향 대관령으로 내려온 지 어느덧 십 년이 되었다. 지난 삼십 년 세월 동안 대관령은 당연히 많은 것들이 변해 있었다. 옛집들이 헐린 자리에는 새 집들이 들어섰다. 캐어놓은 감자가 굴러내리던 산자락의 비탈밭들은 대부분 반듯한 운동장처럼 변한 지 오래였다. 동서를 연결하는, 점점 넓어지고 성곽처럼 높아진 영동고속도로는 작은 마을의 한가운데를 대부분 차지한 터라 어디에서 보아도 한눈에 들어왔다. 마을의 집들은 마치 그 고속도로에 줄줄이 매달려 있는 감자알처럼 느껴져 쓸쓸한 기분이 들 때가 많았다. 길은 보이지만 매일 보았던 길 건너편의 친구 집이 보이지 않으니 왠지 허전한 마음을 달랠 수가 없었다. 물론 어린 시절의 친구들도 대부분 고향을 떠나버린 지 오래되었지만.

풍경도 사람도 변해버린 대관령에 돌아와 중학교 때 담임선생님을 만나리라고는 사실 꿈에도 생각한 적이 없었다. 그것도 삼십 년 동안 쓰지 않은 반성문을 써오라는, 병상의 선생님을 만날 줄은.
"내가 정말 무엇을 잃어버렸을까……"
연둣빛 물결이 올라오는, 구불구불한 대관령 옛길을 넘어 강릉으로 가는 내내 나는 계속 혼잣말을 중얼거렸다. 아내의 말대로 내가 쓴 이야기들에는 어린 시절을 다룬 내용이 없었다. 하지만 그것은 어디까지나 이야기의 내용상 필요하지 않았을 뿐이었다. 별로 필요하지도 않은 어린 시절을 단지 분량을 채우려고 억지로 끄집어낼 필요는 없었다. 어린 시절이 심심할 때 꺼내 먹는 심심풀이 땅콩일 수는 없지 않은가 말이다. 때가 되면, 꼭 그래야만 한다면 나도 얼마든지 어린 시절을 회상하는 이야기를 충분히 쓸 수 있는 것이다. 달리 말한다면, 사실 쓸 내용이 없다는 게 올바른 고백이었다. 그렇다. 특별히 쓸 내용이 없다고 판단내린 지 이미 오래였다. 왜냐하면 나는 지극히 평범하게 어린 시절을 건너왔기 때문이다. 문제아도 아니었고 가정환경이 불우하지도 않았고 공부 역시 그러했다. 그저 이 세상 대부분의 학생들처럼 평범함의 범주를 벗어나지 않았다. 그런 시절을 굳이 이야기 속으로 들여올 까닭이 없지 않은가. 아무리 이야기가 허구라고 하더라도. 물론 내 주변의 평범하지 않았던 아이들의 이야기를 쓸 수야 있겠지만 아직 그렇게 썩 내키지는 않았다.
"그러므로 나는 잃어버린 것도, 잃어버릴 만한 것도 없단 말이지! 반성문도 마찬가지야. 이 나이에 무슨 반성문이야! 안 그래?"

연둣빛 연미복을 입은 듯한 길옆 늙은 버드나무에게 나는 분명하게 내 뜻을 밝혔다. 대관령 아래의 늙은 버드나무는 내 말이 맞다는 듯 긴 머리카락을 출렁거렸다. 나는 그 응원에 힘을 얻어 병원으로 향하는 차를 돌려 봄바다나 구경하기로 슬슬 마음을 굳히고 있었다.

당신 다른 곳으로 새면 안 돼!!! 내가 확인할 거야

하여튼 여자들의 직감은 무서웠다. 내 마음을 귀신같이 알아챈 아내가 보내온 문자메시지였다. 길옆에 차를 세운 나는 휴대폰 화면에 대고 혀를 삐쭉 내밀었다. 그리고 휴대폰 자판을 눌렀다.

병문안 마치고 아빠가 주문진 수산시장에 가서 맛있는 생고등어 사갈게 저녁에 엄마랑 같이 숯불에다 구워 먹자 뽀뽀!!

옆구리에 두 손을 올려놓고 씩씩거리는 아내의 모습이 눈에 선했다. 나는 산벚꽃 같은 웃음을 흘리며 차를 몰았다. 아내는 즉각 답신을 보내왔다.

아빠라니? 이게 대체 무슨 소리야!!!

선생님은 더 수척해진 얼굴로 병상에 누워 있었다. 창밖, 이층까지 올라온 목련나무는 서서히 꽃을 떨어뜨리는 중이었다. 한 잎씩, 혹은 통째로. 떨어지는 목련은 언제나 안타까웠다. 그 환하던 빛의 시절은 어디론가 사라지고 꽃잎 끝에서부터 누렇게 변색되다가 봄비나 바람이라도 불면 가차없이 낙화하는 봄꽃들의 운명. 나는 선생님이 누운 침대 앞에서 두 손을 그러잡은 채 창밖 꽃 떨어진 목련나무 가지에 시선을 올려놓고 선생님의 말을 기다렸다. 가쁜 숨을 고르는 선생님의 얼굴은 마치 누렇게 변색된 한 잎의 목련 같아서 나는 마른기침을 콜록거려야만 했다.

"다시…… 찾아줘서…… 고맙네."

"빨리 완쾌하셔야지요. 이거…… 심심하실 때 읽어보십시오."

나는 가장 최근에 나온 내 소설책을 내밀었다. 왠지 어떤 협상을 위한 입막음으로 주는 뇌물, 또는 시위용으로 건네는 무엇인 것 같아 찜찜한 기분을 떨쳐내기 힘들었다. 선생님은 내 책을 배 위에 올려놓고 소가 그려져 있는 표지를 오래 들여다보더니 이윽고 한 장 한 장 정성스럽게 넘겼다. 숙제를 검토하는 그 옛날의 선생님처럼. 나는 '참 잘했어요'라는 도장이 찍히기를 기대하는 학생처럼 몰래 침을 삼키지 않을 수 없었다. 선생님은 내 사인이 들어가 있는 면을 오른손 가운뎃손가락으로 쓰다듬었다.

"자네 글씨체는…… 예나 지금이나 변함이 없군."

내 글씨체를 기억한단 말인가! 나도 기억하지 못하는데!

"학교 다닐 때도 이렇게 지렁이가 기어가는 것 같았나요?"

선생님은 웃으며 고개를 끄덕였다. 나는 재빨리 기억 속을 더듬거려 내 글씨체의 발원지를 찾아가려고 애를 썼다. 하지만 불행히도 나는 내 어린 시절의 글씨체에 대해서 생각해본 적이 거의 없었기에 지렁이의 여행은 어느 지점부터 캄캄한 어둠과 맞닥뜨리고 말았다. 오랜 시간이 흘러 나도 기억하지 못하는 내 말과 행동을 어린 시절 친구들의 입을 통해 들었을 때처럼 막막해졌다. 선생님이 내가 기억하지 못하는 또 무엇을 더 알고 있는지 조금씩 겁이 나기 시작했다.

"사실…… 자네가 낸 책들은 이미 모두 읽었다네."

"예?"

선생님의 얼굴은 막 피어나는 목련처럼 환해지고 있었다. 어느 정도 예상은 했지만 마침내 올 것이 오고야 말았다는 생각에 나는 송구스런 마음을 감추려고 급히 창밖으로 눈길을 돌리고 말았다. 나야말로 오그라들고 변색된 목련 같다는 생각에 얼굴이 화끈거렸다. 선생님은 다 이해한다는 듯 미소를 지었다. 그의 병상 옆에 앉아 있는 나는 암만 나이를 먹었어도 영락없는 중학생일 뿐이었다. 선생님의 관대한 처분만 기다리는 코흘리개였다.

"자네 이야기들은…… 아, 이건 어디까지나 독자의 입장에서 하는 얘기야. 그러니까 자네 이야기들은…… 어딘가에서 무엇인가에 막혀 있다는 생각이 드네. 자네 생각은 어떤가?"

내 소설에 대한 첫 공격의 강도가 심상찮았다. 병문안이 아닌 다른 곳에 와 있는 기분이었다. 그러나 분명 병원 안 병실이었기에 나는 희미한 웃음을 내보내지 않을 수 없었다.
 "……예. 저도 그런 느낌을 받는데…… 어떤 그림자만 떠오를 뿐 그게 무엇인지는 아직도 잘 모르겠습니다. 앞으로 더 많이 써야겠죠, 뭐."
 선생님의 지적에 수긍의 답변을 꺼내놓으면서 내 마음은 조금씩 참담해졌다. 병실 밖으로, 교무실(이런 젠장! 교무실이라니) 밖으로 뛰쳐나가고 싶었다. 아니, 아니, 그렇게 복잡하게 할 것도 없이 바로 창문을 통해 목련나무 아래로 뛰어내리는 게 더 빠를 것 같았다.
 "내가 그 까닭을…… 오래…… 생각해보았는데 말일세. 이 모든 것은…… 자네가 지금껏 쓰지 않고 버티고 있는 반성문 때문이라는 생각이 드네."
 나는 창문 너머로 뛰어내리지 못한 나의 나약함을 새삼 후회해야만 했다. 반성문. 이 무슨 청천하늘에 날벼락 같은 반성문이란 말인가. 길을 걷다가 멀고 먼 우주에서 날아온 운석에 정통으로 머리를 맞은 거나 다름없었다. 하지만 나는 입가에 미소를 머금어야만 했다. 그 안에 무엇이 들어 있을지는 모르지만 운석의 성분을 가려내야만 했다. 삼십 년 만에 만나 반성문 얘기를 끈질기게 꺼내는 선생님의 의도와 말의 범위를 확실하게 파악해야만 했다.
 "선생님, 죄송하지만 제 기억을 아무리 뒤져보아도 반성문에 대한 것은 찾지 못하겠어요. 어떤 것인지 이제 말씀해주세요."
 선생님은 내 거짓말에 천천히 고개를 끄덕였다.
 "시간이 많이 흘렀으니 기억하지 못할 거란 생각은 했네. 어떻게 보면 대단히 민감한 부분이기도 하니까. 더욱이 자네는 글을 쓰는 사람 아닌가."

나는 입을 다물었다. 두번째 공격도 만만치 않았다. 선생님의 말을 직역하면, 아무리 시간이 흘렀지만 지금 내가 소설을 쓰는 사람이기에 쓰지 않은 반성문을 기억하지 못한다는 것은 있을 수 없는 일이란 것이었다. 두 손 두 발을 들지 않을 수 없었지만 나는 입술을 지그시 깨문 채 선생님의 다음 말을 기다렸다.

"백일장 생각은 나나?"

"……백일장요?"

"그래. 글제가 '정류장'이었지."

"……정류장."

"그렇지. 자네는 그 백일장에 참가해서 장원을 했잖아. 쿨럭!"

아아! 갑자기 선생님은 피를 토하기 시작했다. 하늘빛 담요 위로 선홍의 꽃들이 피어나는 것 같았다. 나는 탄성을 내뱉으며 간호사를 부르러 황급히 뛰어갔다. 병원 복도를 달려가는 내 주변으로 선홍의 꽃들이 비눗방울처럼 둥둥 떠다녔다.

백일장.

정류장.

장원……

더 이상 도망칠 곳이 없었다. 선생님은 바로 어제의 일인 것처럼 모든 것을 기억하고 있었다. 나는 어린 시절의 그 장소로 별똥별보다 빠르게 달려가야만 했다. 마침내 원고지를 앞에 놓고 손가락으로 볼펜을 돌리는 빡빡머리의 내가 서서히 모습을 드러내고 있었다. 그리고……

5

　반성문의 가장 깊은 곳에 들어 있는 것은 바로 백일장에서 내가 남의 글 일부를 훔쳐와 사용했다는 것이다. 그리고 더 깊은 곳에는 시간이 흘러 어른이 되고, 심지어 글을 쓰는 사람이 되었음에도 불구하고 그런 적이 없는 척, 어린 시절의 일인데 그게 뭐 그리 대단한 거냐고 여겨온 뻔뻔한 마음이 들어 있었다. 그렇게 변명으로 일관된 자위를 거듭하는 동안 나는 서서히 소중한 무엇인가를 잃어버렸던 것이다. 선생님의 입에서 나온 선홍의 꽃들은 바로 그곳을 가리키고 있었다.

6

"원고지 오백 매의 반성문? 중학생에게?"

아내는 당연히 놀랐다는 표정을 지었다. 나는 이틀간의 고민 끝에 취기의 힘을 빌려 아내에게 그 모든 일들을 털어놓기로 작정했다. 감추고 싶은 마음도 굴뚝같았지만 무엇이 고백으로 돌아서게 했는지는 잘 모르겠다. 왠지 아주 늦었지만 털어놓아야 할 시점이라는 생각뿐이었다. 그래야만 할 것 같았다. 다른 누구를 위한 게 아니더라도 나 자신을 위해서는 그래야만 했다. 그리고 아주 늦었지만 비로소 반성문을 써야겠다는 생각으로.

"그러니까 요즘 표현으로 말하자면 당신이 백일장에 처음 참석해서 다른 사람의 글을 표절했다는 얘기지? 그 글로 상을 받았고. 그런데 당신 담임선생님이 나중에 그 사실을 알고 벌로 반성문 오백 매를 써오라 했고."

"맞아."

나는 아내 앞에서 어떤 표정을 지어야 할지 몰라 막막했다.

"근데 당신은 반성문을 쓰지 않았고. 더욱이 까마득하게 잊은 척했고."

"응."

아내는 마치 수사관 같았다. 왠지 아내에게 털어놓기로 결심한 게 조금씩 후회되는 마음은 또 무슨 까닭인지 모르겠다.

"왜 반성문을 쓰지 않았어? 터무니없이 양이 많아서?"

"글쎄……"

"당신 담임선생님은 그 일을 외부에 알리지 않고 두 사람 선에서 해결하려고 했다며? 그건 당연히 당신을 염려해서였겠지?"

"그랬을 거야. 아마도……"

"하하하! 그러니까 뭐야! 당신의 첫 창작품이 표절이었단 말이지?"

"다가 아니고 조금 옮겨온 것뿐이야."

"그거야 다들 그렇게 얘기하지!"

"재밌어?"

"재밌지! 어쨌거나 소설가의 첫 작품이 표절로부터 시작되었단 얘기잖아!"

"중학교 때 쓴 거잖아! 작품은 무슨 작품."

"근데 당신, 아직도 뭔가를 숨기고 있는 거 같아. 맞지?"

"없어! 그게 다야!"

역시 아내에게 말하지 말았어야 했다. 나는 뒤늦은 후회를 호주머니에 구겨넣은 채 슬그머니 일어나 바람을 쐬러 밖으로 나갔다. 봄밤의 향기는 코를 흥흥거리게 만들었다. 울타리를 따라 개나리, 목련, 벚꽃, 참꽃, 복사꽃, 돌배꽃 냄새가 한데 뒤섞여 쏘다니고 있었다. 집 옆 밭에선 거름 냄새가 슬금슬금 울타리를 넘어왔다. 어둠에 가려 보이지 않아도 그 밭둑을 따라 오밀조밀 피어 있을 꽃다지, 냉이꽃, 민들레의 앙증맞은 얼굴이 눈에 선했다.

나는 마당 귀퉁이에서 자라는, 오래전 아버지가 심어놓은 목련나무 아래로 갔다. 강릉과 달리 해발 700미터가 넘는 대관령의 목련은 꽃을 피운 지 얼마 되지 않아 잘 여문 과일처럼 탐스러웠다. 나는 선생님의 병실 창문에 턱을 괴고 있는, 색이 변해가는 목련을 떠올렸다. 오 헨리의 작품 「마지막 잎새」를 떠올렸다. 알 수 없었다. 지난 삼십 년 동안 잊어버리지 않고 나의 반성문을 기다렸다는 선생님의 의중을. 선생님의 입에서 피어난 붉디붉은 백일홍이 아흔아홉 굽이 대관령을 올라와 내 마음을 휘감는 봄밤이었다.

"들어가서 술 한잔 해."

마당으로 나온 아내는 목련 꽃잎처럼 내 등을 껴안았다.

"내 말이 좀 심했지? 그리고 당신 선생님은 지금 병마와 싸우고 계신데…… 내가 깜박했어."

나는 아내를 목련나무 아래에 놓인 나무의자로 이끌었다.

"좀더 일찍…… 선생님을 만났어야 했어."

"아니야. 지금부터 반성문을 써도 늦지 않았어."

"나는…… 지난 시간 동안 어떻게 해서라도 그 기억으로부터 달아나려고 아등바등했던 것 같아. 바보같이."

"당신 정말로 그 표절에 대해 죄책감을 느끼는 거야?"

"당시에는 꽤 심하게 악몽에 시달렸던 것 같아."

"어떤 악몽?"

"꿈을 꾸면 그 글의 원작자가 찾아와 내게 해명을 요구했어. 내가 아무리 설명해도 그 사람은 받아들이지 않았어. 나는 땀을 뻘뻘 흘리며 그에게 온갖 이유를 다 끌어와 납득시키려고 애를 썼어. 그러나 그는 요지부동이었어. 어느 날은 학교까지 찾아왔어. 전체 조회 시간에 단상에 올라가 마이크를 잡고 나를 가리키더니 자기 글을 훔친 도둑이라고 몰아붙였어. 운동장에 있던 모든 아이들이 일제히 손가락질로 나를 가리키며 야유를 보냈어. 아무리 도망쳐도 소용없었어. 결국엔 잠을 자는 것조차 두려워졌으니까. 꿈에서 깨어나도 상황은 그리 달라지지 않았지. 길을 걷다가 누가 등이라도 툭 치면 깜짝 놀라곤 했으니까."

"후유증이 좀 심했네. 하지만 말이야, 굳이 글이 아니더라도 어렸을 땐 누구나 다른 사람의 것을 조금씩 훔치곤 해. 그게 흉은 아니야. 그러면서 자기 세계를 찾아가는 거잖아."

"알아. 하지만 그때는 너무 어렸어."

미미한 바람이 목련나무를 지나가고 있었다. 가로등 불빛이 만든 목련 그림자가 두런두런 이야기를 하는 것 같았다. 문득 선생님은 그때 이미 내 미래의 악몽을 예견했던 게 아닐까 하는 생각이 들었다. 그래서 반성문을 써오라고 한 것일까.

"그 사람은 지금 무엇을 하고 있을까?"

"누구?"

"내 꿈속으로 찾아왔던 사람."

"궁금해? 야, 얘길 듣고 나니 나도 갑자기 궁금해지네! 소설가나 시인이 되어 있지 않을까? 아니야. 글하고는 아주 멀리 떨어진 채 살고 있을 거 같아."

"왜?"

"흐흐! 당신이 그 사람 글을 자기 걸로 만들어버렸고, 지금 당신은 소설가가 돼 있잖아. 이거 이러다 반성문에다 사죄문까지 써야 하는 거 아냐?"

"그래야 될 것 같아……"

"자, 들어가 맥주 한잔 하면서 얘기를 이어가자고!"

"그럼 내가 그 사람 대신 소설가가 된 걸까? 어째 좀 으스스해진다."

"잠깐! 그럼 나는 누구의 아내지? 나는 당신이 소설가라서 결혼했는데."

아내와 함께 집으로 들어가려다 말고 나는 이상한 느낌에 사로잡혀 뒤를 돌아보았다. 화사한 꽃그늘 아래로 방금 누군가가 지나간 것만 같았다. 하지만 아무리 두리번거려도 찾을 수 없었다. 봄밤의 꽃그늘 속에는 사람을 홀리는 헛것들이 살고 있는 듯해서 나는 현관문을 닫고 평소와 달리 잠금장치를 여러 번 작동시켰다.

"당신 선생님은 어떤 분이셨어?"

"선생님한테는 미안한 얘기지만, 사실 별다른 기억이 없어. 그렇게 친했던 것 같지도 않고. 그냥 담임선생님이었어. 그 일만 없었다면 내 기억은 더 희미했을 거야. 선생님은 그냥…… 평범한 선생님이었어. 아이들이 잘못하면 매를 때리고 잘하면 칭찬해주는."

"그게 사실이라면 오로지 백일장뿐이라는 얘긴데, 오백 매나 되는 반성문 쓰려면 당신 꽤 힘들겠어. 아무리 당신이 소설가라 해도. 근데 왜 하필 오백 매야?"

"모르겠어. 병원에서 여쭤봐도 웃기만 할 뿐 대답이 없으셨어."

"당시엔 대단히 난감한 분량이었겠어."

"일단 억울했던 것 같아. 그리고 난감했지. 내가 훔쳐온 건 원고지로 한두 장 분량인데 오백 매라니. 차라리 매를 맞겠다고 말하고 싶었다니까!"

"그 당시 당신 선생님도 문학청년이 아니었을까? 신춘문예에 응모했다가 계속 낙방을 거듭하는."

"그것도 잘 모르겠어. 단지 국어 선생님이라는 것만 알았을 뿐."

봄밤이 깊어가고 있었다. 소쩍새가 쉬지 않고 우는 밤이었다. 아내와 나는 아주 오랜만에 얘깃거리를 찾은 사람들처럼 소쩍새 울음소리를 들으며 이야기를 멈추지 않았다. 그러면서 나는 내가 쓰게 될 반성문의 윤곽을 조금씩 잡아나갔다. 어쩌면 단 한 번도 들추지 않았던 어린 시절의 이야기가 나올지도 모른다는 약간의 흥분도 달래가며. 그러나 나는 어느 정도 짐작하고 있었다. 내가 쓰게 될 반성문은 지극히 평범했던 아이의 어린 시절 이야기일 거라는 사실을. 가출하고 싶은 욕망은 있었으나 변소에서 우는 걸로 대신한 아이의 이야기. 갑자기 고아가 되어 고아원에서 살고 싶었으나 당연히 그러지 못한 아이의 이야기. 전학을 가고 싶었으나 초등학교 육 년, 중학교 삼 년 내내 같은 학교 울타리를 벗어나지 못했던 아이의 이야기. 공부를 잘하고 싶었으나 한 번도 일등을 해보지 못했던 아이의 이야기란 것을. 다만, 어느 봄날 우연찮게 백일장에 참가했다가 마침 얼마 전에 읽었던 학생잡지의 인상 깊었던 내용을 훔쳐와 자기 것처럼 써먹었다가 담임에게 들켜 반성문을 쓰게 된 게 거의 유일한 사건이었던 아이의 이야기. 그 아이가 소설가가 되어 삼십 년 뒤에 비로소 쓰는 반성문. 반성문을 쓰게 했던 선생님은 세월을 따라 늙으셨고 더욱이 병마와 싸우고 있는 현실이 전부였다. 그러했기에 기대 반 우려 반의 심정이 될 수밖에 없었다.

"무슨 생각해?"

"선생님이…… 내 반성문을 모두 읽을 수 있으면 좋겠다고 생각한 게 마지막 생각이었어. 당신은 무슨 생각을 했는데?"

"좀 엉뚱한데 말이야, 당신이 훔쳐왔다는 글의 저자를 한번 찾아보고 싶어. 가능할까?"

"글쎄…… 나는 말이야…… 갑자기 이 생각이 왜 든 건지는 모르겠지만…… 아냐, 아니야."

"뭐야? 뭔 생각을 했는데?"

"아냐, 반성문이랑 상관없는 생각이야."

"뭐냐니까? 나 궁금한 거 못 참는 성격이잖아!"
"아니…… 반성문을 다 쓰고, 당신과 선생님에게 통과되면…… 그 다음엔 우리 아이를 만들면 안 될까?"
"아기? 반성문이랑 아기가 무슨 상관이 있어?"
아내의 눈이 동그랗게 변했다.

7

선생님, 목련이 피고 지는 사월입니다.

마당 귀퉁이를 환하게 밝히고 있는 목련을 바라보며 아주 뒤늦게 반성문을 쓰려고 합니다. 반성문…… 이 반성문을 대체 어디에서부터 어떻게 써야 할지 몰라서 며칠째 컴퓨터 자판만 들여다보며 한숨을 내뱉고 있네요. 어렸을 때도 그랬지만 어른이 된 지금도 역시 반성문이란 건 꽤 어려운 형식인 것 같습니다. 무엇인가 잘못을 저지르고, 잘못한 일이 드러나고, 그 벌로 책상 앞에 앉아 잘못한 일을 곰곰 되씹으며 글로 기록하는 일. 더구나 저는 미루고 미루다가 삼십 년이나 지나서 반성문을 쓰려고 앉아 있으니…… 어찌 보면 대단히 한심한 인간이라는 생각도 드네요. 그러니 선생님, 부디 이 반성문이 마음에 들지 않더라도 어여삐 봐주시기 바랍니다.

마당 귀퉁이에서 밤을 밝히고 있는 목련을 물끄러미 바라보는 시간입니다.

밤의 목련은 많은 것을 떠오르게 하네요. 저 많은 꽃송이 하나하나에 왠지 지나간 시절의 기억들이 촘촘하게 들어 있을 것만 같다는 생각을 요즘 들어 자주 합니다. 정확히는 선생님을 뵙고 난 다음부터인 것 같습니다. 그래서 글을 쓰다 생각이 막히면 나도 모르게 목련을 바라보거나 목련나무 밑을 서성거리는 버릇이 생겼습니다. 어떤 꽃송이에는 제가 결코 떠올리고 싶지 않은 기억들도 들어 있다는 걸 선생님을 뵙고 나서야 처음 깨달았으니 저도 꽤 아둔한 편이지요? 해마다 봄이 오면 그 모든 것을 품은 채 마당 귀퉁이에서 환하게 피어났는데, 내게 말을 걸어왔는데, 눈 뻔히 뜨고도 청맹과니처럼 더듬거리기만 했으니…… 선생님께서 말씀하신, 제 이야기의 어느 부분을 꽉 막고 있는 그 정체불명의 무엇에 눌려 늘 악몽 속을 땀 흘리며 뛰어다닌 것도 우연이 아니라는 생각이 드네요.

선생님, 그러므로 이 반성문은 마당 귀퉁이에 피어 있는 저 목련의 꽃잎을 하나하나 조심스럽게 들춰보는 일이기도 할 겁니다. 그러나 아직은 그 꽃송이마다에 무엇이 들어 있을지는 저 자신도 예측할 수 없기에 조금 불안하기도 하네요. 어떤 얼굴이, 어떤 이야기가 튀어나올까요? 어떤 부끄러움이…… 그 모든 것들이 고개를 들고 제 눈을 바라볼지 몰라 이렇게 미적미적 망설이기만 하네요. 목련 주변을 맴돌기만 하네요.

"뭐야! 아직 그대로네!"

아내의 힐난입니다.

"소설 쓰는 것보다 더 어려워."

저의 변명입니다.

"빙빙 돌리지 말고 솔직하게 써. 반성문은 솔직한 게 최선이야."

아내의 격려입니다.

"세상에서 가장 어려운 숙제를 하고 있는 것 같아."

저의 푸념입니다.

"당연하지. 중학교 때 숙제를 여태 미뤄두고 있다가 나이 사십이 넘어 하고 있으니. 당신, 선생님 말대로 원고지 오백 매를 꼭 채워야 돼! 내가 확인할 거야."

아내의 으름장입니다.

"당신이 우리 반 반장이야?"

저의 투정입니다.

마당 귀퉁이의 목련은 정류장을 밝히는 환한 가로등처럼 보입니다. 정류장. 그렇지요, 정류장. 그날 백일장의 글제 중 하나가 정류장이었지요. 저는 얼마 전에 학생잡지에서 읽었던 어떤 글을 떠올렸지요. 추운 겨울, 한적한 시골 정류장에서 버스를 기다리며 울고 있는 낯선 소녀의 이야기가 나오는 글을. 사진 한 장을 손에 든 채 영원히 오지 않을 것 같은 버스를 기다리는 소녀. 정류장 밖에서 흩날리는 성긴 눈발. 저만치서 그 소녀를 훔쳐보는 나. 그 이야기를 훔쳐오고 싶은 유혹은 굉장히 짜릿해서 달아날 방법이 전무한 것처럼 느껴졌지요. 달아나는 게 오히려 그 소녀를 더 춥고 슬프게 하는 거라고 누군가가 내 귀에 대고 끊임없이 속삭였지요. 소녀를 따스한 버스에 태워 보내야 한다고 꼬드겼지요. 그것이 소녀를 위한 최선의 도움이라고 등을 밀었지요. 그래서 저는 못 이기는 척, 그러나 재빠르게 그 이야기에다 살을 붙이기 시작했지요. 마치 제 이야기인 것처럼. 마을의 이름을 우리 마을로 바꾸었죠. 골짜기 외딴 집에서 혼자 살고 계시던 노인의 장례식을 가져왔지요. 그 장례식에 소녀를 등장시켰던 것이지요. 그리고 먼발치서 소녀를 훔쳐보는 나의 모습까지. 소녀가 기다리던 버스가 마침내 도착하고, 소녀는 떠나고, 소녀가 떠난 자리에 떨어져 있는 소녀의 낡은 사진 한 장을 새로 추가했지요. 그 사진을 손에 든 채 정류장을 떠나지 못하는 나의 모습까지. 그 정도로 색칠을 더했으니 아무도 눈치 채지 못할 거라는, 두근거리는 가슴을 몰래 숨긴 채 나의 첫 백일장을 끝마쳤던 것이지요.

선생님, 마당의 목련이 내 마음처럼 붉게 물드는 밤입니다. 오늘의 반성문은 여기서 마쳐야 할 것 같네요. 삼십 년을 건너온 두근거림이 진정되지 않고 있으니 아무래도 술 한잔 마셔야 진정될 듯싶네요.

마당의 목련과 함께.

8

"당신의 첫 기억은 뭐야?"
느닷없는 아내의 질문이었다.
"……첫 기억이라니?"
"음…… 가장 어렸을 때의 기억 말이야. 지금도 잊히지 않는 기억."
내가 쓴 반성문은 읽지도 않은 채 아내는 목련을 바라보는 내 눈만 들여다보았다. 덕분에 목련나무가 반이나 가려 잘 보이지 않았다. 어쩔 수 없이 나는 아내의 큰 눈 속에 들어가 있는 나를 물끄러미 바라보았다. 아주 작아서 멀리 있는 듯한 나를.
"가장 오래된 기억 같은 거?"
"맞아!"
아내는 마당의 평상에 앉아 들에서 뜯어온 자잘한 쑥을 다듬고 있었다. 가장 오래된 기억이라…… 나는 아내의 가느다란 손가락이 골라내는 젖빛 쑥에서 피어나는 향기에 코를 킁킁거렸다. 가물가물한 그 무엇이 아지랑이처럼 보일 듯 말 듯 애를 태웠다. 마치 어린 시절 회충약을 먹고 났을 때 항문 근처에서 간질거리며 나오지 않았던 회충처럼. 아내는 그런 내 얼굴을 힐끗 보고는 재촉하지 않겠다는 미소를 짓곤 다시 고개를 수그린 채 쑥과 섞인 티끌을 골라내는 일에 몰두했다. 옷자락 사이로 보이는 아내의 앙가슴이 어여뻤다.

"아! 젖!"

나는 무릎을 쳤다.

"떠올랐어?"

"그런 거 같아! 조금만 기다려봐."

가장 멀리 있는 기억의 골방이 조금씩 밝아지고 있었다. 돌아가는 맷돌…… 옥수수…… 문지방…… 쓴 약초의 맛…… 그리고 얼얼한 따귀…… 어떤 배신감, 허탈감에 사로잡혀 나는 눈물을 흘렸던가. 갑자기 천애의 고아가 된 듯한 설움에 사로잡혔던가, 그 나이에? 그런 것도 같다.

"빨리 얘기해봐. 궁금해."

아내는 쑥을 다듬던 손길을 멈추고 내 눈과 입을 번갈아 바라보았다. 나는 오랜 시간 어둠에 갇혀 있다가 마침내 환해진 기억의 골방을 두리번거리며 숨을 골랐다. 아내의 질문이 없었더라면 영영 캄캄하게 남아 있을지도 몰랐을 골방을. 사십여 년이 흘렀는데도 변함없이 그녀들은 윗방에서 강냉이를 갈고 있었다.

"몇 살 때였는지는 잘 기억이 나지 않아. 계절도. 낮잠에서 깨어나니 엄마와 누나가 윗방에서 맷돌질을 하고 있었어. 맷돌질 알지? 옛날에는 그걸로 옥수수나 콩 같은 걸 갈곤 했어. 하여튼 나는 당연히 배가 고팠고 젖을 먹고 싶었어. 그래서 문지방을 기어서 넘어가 엄마에게 젖을 달라고 했어. 말로 했는지 행동으로 했는지는 잘 모르겠어. 그런데 평소와 달리 엄마는 화를 냈어. 일을 하는 데 방해를 해서 그런 건지 아니면 다른 이유인지 알 수 없었지만 나는 대단히 섭섭했던 것 같아. 나는 더 강력하게 젖을 달라고 했어. 근데 이게 무슨 날벼락이야! 그렇게 다정했던 엄마가 젖은 주지 않고 내 따귀를 때리는 거야! 아마 태어나 처음 맞아본 따귀일 거야. 울었지. 아파서 울었고 서러워서 울었지. 어이가 없어서 울었지. 모든 이유를 다 붙여서 울었어. 하지만 엄마는 꿈쩍도 하지 않았어. 도리어 나를 덜렁 들어 아랫방에 던져놓고 맷돌질을 계속하는 거야. 아랫방과 윗방을 연결하는 미닫이문까지 닫아버린 채. 나는 울고 또 울었어. 목이 쉴 때까지. 맷돌이 돌아가며 마른 옥수수를 으깨는 소리를 사이사이 들으며. 도대체 영문을 알 수가 없었던 거야. 하루아침에 돌변해버린 엄마를. 갑자기 사라져버린 그 따스한 젖가슴을……"

"처음으로 상실의 아픔을 느낀 거네."

아내와 나는 뒤로 뻗은 팔로 상체를 지탱한 채 평상 위에서 잠시 목련을 바라보았다.

"홀로 아랫방에서 서럽게 울고 있었는데 말이야, 갑자기 미닫이 문이 열리는 거야. 언제 그랬냐는 듯 엄마는 한쪽 젖을 꺼내놓고 밝게 웃고 있었어. 게다가 나를 보고 그 젖을 먹으러 오라고 손짓하고 있었어. 나는 잠시 주저하다가 코를 훌쩍이며 또 엄마에게로 엉금엉금 기어갔어. 문지방을 넘어서. 엄마의 둥글고 환한 젖가슴을 향해. 목이 쉬도록 울었던 울음을 보상받기라도 하듯 코를 엄마 젖에 비비며 젖꼭지를 입에 넣었어.

오, 맙소사!

그건 달콤한 젖이 아니었어. 태어나 처음으로 맛본 쓰디쓴 젖이었어. 나는 거의 반사적으로 젖에서 입을 떼고 침을 뱉었어. 엄마의 얼굴을 바라봤지. 엄마는 너무나 태연하게 웃고 있었어. 왜 그러냐는 눈으로 나를 바라보며. 대체 이게 뭐야! 왜 젖 맛이 변한 거야! 나는 다시 엄마 젖으로 입을 가져갔지만 역시 맛은 좀 전과 그대로였어. 믿을 수가 없었지. 어떻게 그런 일이 벌어질 수가 있단 말이야. 나는 손을 뻗어 옆의 젖을 급하게 찾았어.

오, 맙소사!

달콤했던 젖이 하루아침에 독으로 변해버리다니……"

"젖을 떼려고 쓴 약초를 거기에 발라놓은 거네."

"응."

"그렇게 젖의 시대에서 밥의 시대로 건너간 거군."

"맞아. ……지금부턴 당신의 가장 오래된 기억을 듣고 싶어."

"나? 난 그런 거 없어!"

아내의 큰 눈이 놀란 듯 동그랗게 변했다. 하지만 나는 눈치 채고 있었다. 내 얘기의 어느 순간부터 아내가 자신의 가장 오래된 기억을 더듬거리고 있었다는 것을. 마당 귀퉁이의 목련은 햇살을 받아 환하다 못해 일제히 탄성을 내지르는 것 같았다. 나는 아내가 생각을 정리하는 사이 병상의 선생님과 나의 반성문을 잠깐 떠올렸다. 그리고 오래전 잃어버린 엄마의 젖을 목련꽃 위에 넌지시 올려놓았다. 아내가 키득 웃더니 마른기침을 했다.

"좀 창피한데…… 뭐 대단한 건 아냐. 당신보단 좀더 나이를 먹었을 때인 것 같아. 잠을 자다 오줌을 누었고, 그 벌로 키를 쓰고 동네 가겟방으로 소금을 얻으러 갔어. 그게 가장 오래된 기억이야."

"뭐야, 그게 전부야?"

"응."

뭔가 손해를 본 기분이 들었지만 어쩔 수 없었다. 억울한 기분을 털어낼 겸 나는 평상에서 내려와 목련나무 밑으로 걸어갔다. 아내가 뒤에서 키득키득 웃으며 소리쳤다.

"그래서 당신은 어른이 되었지만 아직도 젖을 찾아 떠도는 아기 같구나!"

나는 목련나무를 등지고 돌아섰다.

"아냐. 남자는 원래 그래."

9

 선생님, 오늘은 아내와 서로의 기억 속에 남아 있는 가장 오래된 기억에 대해 이야기를 나눴습니다. 그 기억을 꺼내놓는 게 조금 창피하기도 했지만 꺼내놓고 나니 오히려 후련하네요. 그 기억이 머물러 있던, 퀴퀴한 곰팡이 냄새만 풍기던 방에서 전에 맡지 못했던 박하 향기가 솔솔 피어나는 것 같았으니까요. 문득 선생님의 가장 오래된 기억이 듣고 싶은, 목련꽃 환한 밤입니다. 선생님도 저처럼 젖을 찾아 떠도신 건 아니겠지요?
 젖의 맛이 충격적(?)으로 변한 이후 저는 인간의 근본적인 외로움을 느껴버린 것 같습니다. 갑자기 나를 둘러싼 모든 것이, 제게서 한 발자국 물러서버렸다는 느낌이 그것입니다. 하지만 그 느낌을 말로 설명할 수는 당연히 없었겠지요. 밥 먹는 것을 배우고, 걸음마를 배우고, 말을 배우고, 집 밖으로 매일 조금씩 걸어 나갔지만 달콤했던 것을 잃어버린 상실감을 대신해줄 만한 것은 쉽게 찾기 어려웠습니다. 그것들은 늘 젖의 맛에서 한 뼘쯤 모자랐지요. 아, 물론 그렇다고 해서 제가 제 안의 골방에 스스로 갇혀버린 것은 아니었습니다. 지극히 평범하게 자라면서도 어느 한순간 저녁 무렵의 노을이 사라진 뒤 내려오는 그늘 같은 것에 잠시 속수무책으로 사로잡혀 헤어나지 못할 때가 종종 있었다는 것이지요. 그 그늘이 사라지면 눈물을 쓱쓱 닦고 다시 아무렇지 않게 일상으로 돌아왔으니까요. 누구나 겪는 일종의 성장통이었겠지요. 젖 맛을 대신할 그 무엇을 찾아가는 길이었겠지요. 누구라도 비슷하게 겪었을 그 소소한 아픔과 눈물 몇 방울, 그리고 '울다 웃으면 엉덩이에 털 난다!'라는, 납득하기 힘든 단언에도 불구하고 눈물이 덜 마른 웃음을 흘리며 쭈뼛쭈뼛 밥상 앞으로 다가갔던 날들의 이야기를 먼저 할까 합니다.

그러니까…… 한 평범한 아이가 중학교 이학년 때 처음 참가한 백일장의 '정류장'이란 글제에 도착하기까지의 중간중간 이가 빠진 데가 많은 내용의 일기이자 반성문이 되겠지요. 아니, 그 백일장에서 다른 이의 글을 몰래 훔쳐와 내 글에다 뿌려놓은 아이의 아주 늦은 변명이 될지도 모릅니다.

선생님, 초등학교 시절 저는 엉뚱하게도 고아가 되고 싶은 꿈을 꾸었답니다.

부모님이 멀쩡하게 살아 계신데 말이죠. 하지만 아무것도 모르는 철부지의 소망이었다고 밀쳐버리기엔 뭔가 찜찜한 구석이 없지 않네요. '고아'라는 낱말이 어떻게, 어떤 표정으로 제 마음속에 도착해 똬리를 틀고 앉았을까요. 어린이 잡지에 연재되는 어떤 만화나 동화책에서 건너왔을 그 낱말이 왜 어린 제 마음을 사로잡고 놓아주지 않았던 것일까요. 그리고 실제로 그렇게 되었으면 좋겠다고 은근히 소망하기까지 한 것일까요. 아내는 잃어버린 젖이 만들어놓은 상징 때문이라고 말하지만 선뜻 동의하기는 어렵네요. 부끄러운 게 아니니 인정할 것은 인정하라고 아내가 은근히 종주먹을 들이대네요.

그날 문득 그 생각이 떠올랐습니다. 형과 누나들은 아직 학교에서 돌아오지 않았고, 그날따라 부모님은 남의 집에 일하러 갔는지 보이지 않았지요. 저는 책가방을 던져놓고 빈집에서 낮잠을 청했지요. 아마 체육 과목이 있던 날이라 피곤했을 겁니다. 그러했기에 친구들을 찾아 놀러가지도 않고 식은 밥 한 그릇 후딱 비우고 그대로 쓰러져 잠들었겠지요. 매미 소리만 요란하게 우는 여름 한낮에. 그렇게 단잠을 자다 달라진 어떤 기운을 감지하고 부스스 잠에서 깨어나 주변을 둘러보았지요. 어둑어둑해진 방 안을. 낯선 공간에 홀로 뚝 떨어져 시간을, 날짜를 놓쳐버린 것만 같은 막막한 기분에 휩싸인 채. 말없이, 멍하니……

여름해가 지고 있더군요. 처마 밑의 뜨럭에 걸터앉아 붉은 노을이 깔려 있는 서쪽 하늘을 바라보며 저는 눈물을 훌쩍거렸습니다. 노을이 장엄해질수록 그늘은 점점 깊어가고 있었지요. 나만 남겨놓고 모두 어디론가 이사를 간 것은 아닌가. '다리 밑에서 주워온 애'가 맞단 말인가. 장엄하지만 그 몰락의 속도 또한 대단히 빠른 노을이 사라질 때까지, 왕거미를 닮은 어스름이 집으로 이어진 언덕길을 모두 먹어버릴 때까지 저는 닭똥 같은 굵은 눈물을 멈출 수가 없었습니다. 그러고 보니 외양간의 소도 보이지 않았고 애지중지하던 삽살개 또한 찾을 수가 없었지요. 닭장의 닭들이야 내게 있으나마나한 것들이었고요. 저는 눈물을 훌쩍거리며 뒤늦게 집 안 곳곳을 기웃거렸지만 소용없는 일이었지요. 그들은 철저하게 저를 따돌리고 어디론가 먼 곳으로 떠나버렸다는 생각밖에 떠오르지 않았습니다. 자, 나는 앞으로 어떻게 살아야 할까요. 짙어가는 어둠보다 더 캄캄한 생각에 갇힌 채 저는 닭장 앞에 쪼그려 앉아 모이를 달라고 보채는 닭들을 바라보았지요. 너무 울어 더 이상 눈물도 나오지 않아 울음소리만 드문드문 흘리며. 초등학교 저학년의 어느 여름 저녁을 그렇게 서럽게 맞이했던 것이지요. 장차 학업 문제를 어떻게 해야 할까 고민하며.

"학업 문제? 초등학교 저학년이 그 상황에서 다른 것도 아닌 학업 문제를 우선 고민했다고?"

아내의 참견입니다.

"응. 진짜 고민했어. 혼자서는 많이 힘들 거라 여겼거든."

"말도 안 돼. 보통은 그런 상황이 닥치면 울며불며 마을을 헤매며 자기 사연을 호소하지 않아?"

아내의 지적은 예리합니다.

"우리 집은 마을에서 조금 떨어져 있었기에 그런 행동이 내겐 익숙하지 않았어. 정말로 나는 그 순간 학업 문제가 걱정됐다니까."

"마을에 친척도 없었어?"

"있었지만 우선순위는 아니었어."

"별나네. 나 같으면 파출소로 달려갔겠다. 뭐 그랬다 치고, 그래서 어떻게 됐어?"

이해할 수 없다고 아내의 얼굴에 씌어 있네요.

"당연히 한바탕 우스운 소동으로 끝났지 뭐. 그런데 작은 깨달음이 있었어."

"깨달음? 초등학생이?"

선생님, 날이 완전히 저물자 머리에 짐을 인 엄마와 등에 꼴이 가득 담긴 지게를 진 아버지가 소를 끌고 나타났습니다. 얼마나 반가웠던지 저는 다시 눈물과 울음을 와락 토해놓고 말았지요. 반가움과 서러움을 골고루 섞어서. 혼자 집을 보고 있었다는 사실을 안 엄마는 그 넓은 치마폭으로 내 몸을 감싸 안으며 말했지요.

"내 이것들을!"

뒤이어 삽살개를 끌고 나타난 누나들은 엄마의 손에 들린 빗자루에 호되게 시달렸지요. 알고 보니 작은누나는 집에 돌아와 제가 잠든 걸 알고 개만 끌고 친구 집으로 놀러갔던 것이고, 큰누나는 학교에서 아예 친구 집으로 직행했던 모양입니다. 그러다 날이 어두워지니 슬슬 걱정이 되었던 거고, 집으로 들어오는 길 입구에서 만나 맞아도 같이 맞는 게 낫다고 결론을 내린 뒤 돌아왔다고 하더군요.

하긴 누나들 입장에선 방과 후 저같이 어린아이와 노는 것보다 또래들하고 노는 게 훨씬 즐거웠겠지요(아, 형은 그때 이미 집을 떠나 있었다고 하네요). 하여튼 그날 저녁 누나들의 비명과 울음이 소에게 몰려드는 무수한 깔따구처럼 피어났다가 사라졌지요.

그림자가 긴 등잔 불빛 아래의 짧은 저녁이 지나가고 라디오에서 흘러나오는 연속극「김자옥의 사랑의 계절」을 들으며 하나둘 코를 골며 잠을 잘 때, 저는 초와 성냥을 들고 몰래 방을 빠져나왔습니다. 잠이 오지 않았지요. 낮잠 때문이 아닙니다.

촛불을 켜놓은 재래식 변소는 아늑했습니다. 비록 똥 냄새가 올라오고 있었지만 참지 못할 정도는 아니었습니다. 선생님도 산골 마을의 변소를 아시지요? 엄마가 눈 똥 위에 내 똥이 쌓이고 그 위에 다시 작은누나의 똥, 큰누나의 똥, 아버지의 똥이 차례로 쌓여 탑이 만들어지곤 하지요. 그러다 허물어지고…… 다시 쌓이고. 무수한 탑이 세워지고 무너지기를 반복하다가 이윽고 거름더미로 이동하고 거기서 가축들의 똥과 섞여 오랜 발효의 시간을 거친 뒤 봄날 밭에 뿌려져 농작물을 키우는 자양분이 됩니다. 물론 어린 시절의 제가 그 아름다운 순환을 모두 이해하고 있었던 건 아니겠지요. 당시 마당 귀퉁이에 자리 잡고 있는 변소는 제게 있어 일종의 숨어 있기 좋은 곳 가운데 하나였습니다. 그곳에서 문을 닫아걸고 앉아 있으면 배설의 즐거움과 더불어 아무도 쉽게 저를 끌어내지 못한다는 장점이 함께 있었지요. 공상의 시간 속으로 진입할 수 있는 비행장이라고나 할까요. 쪼그려 앉은 다리가 저려오면 코에 침을 바르면서 버티곤 했답니다. 뒤가 급한 누군가가 변소 문을 잡아당기며 소리를 지를 때까지 저는 상상과 공상의 나래를 그치지 않았지요. 그 장소가 꼭 변소여만 되느냐고 누군가 물으면 납득할 만한 대답을 내놓기 어렵지만 하여튼 어린 시절의 제게 있어 변소는 집 울타리 안에 숨어 있는 비행장, 더 나아가 우주선 발사기지 같은 거였습니다. 아니면 기도를 드리는 일종의 성소라고 해야 할까요.

그날 저는 촛불 앞에서 소원을 빌었습니다. 고아가 되고 싶다고. 고아가 되어 이 세상의 풍랑을 홀로 꿋꿋하게 헤쳐가고 싶다고. 요즘 표현으로 하자면 소년 가장이 되어 누구보다도 더 잘 살아가고 싶다고. 몇 발자국 앞에서 하루 일과를 마친 식구들이 곤히 잠들어 있는데도 그런 소원을 빌었으니 철이 없어도 한참 없었던 걸까요? 지금도 그때 왜 그런 생각을 했는지 잘 이해가 되는 건 아닙니다. 하지만 당시에는 절절했지요. 고아가 되었을 때의 미래가 스크린 위로 흐르는 영화처럼 펼쳐졌으니까요. 나를 딱하게 여기는 사람들 앞에서 절대 눈물을 흘리지 않겠다. 최소한의 도움만 받을 것이다. 공부도 지금보다 훨씬 열심히 할 것이다. 친구관계도 더 원만해지도록 노력할 것이다. 나보다 더 불우한 사람을 만나면 성심껏 봉사할 것이다…… 등등.

선생님, 그 소원은 이루어지지 않았습니다. 그 후에도 똑같은 소원을 여러 번 되풀이해 빌었지만 마찬가지였지요. 당시로선 굉장히 슬프고 우울했답니다. 시간이 아주 많이 흐른 어느 날, 도시에 살고 있다가 할머니 집으로 놀러온 어린 조카가 잠들기 전에 이런 말을 하더군요. "할머니, 할머니와 할아버지가 죽으면 이 집엔 누가 살아?" 그 옆에 누워 있었던 저는 이제 막 세상을 바라보는 어린 조카의 말에 한참을 먹먹한 기분에 사로잡혀 천장만 바라봤습니다. 어린 시절의 제 꿈이 떠오르고 또 조카의 당돌한 말대로 시간을 따라 부모님도 가버리면 나는 어떻게 될까, 뭐 이런 생각들을 했지요. 어렸을 때 제 꿈을 부모님에게 말하지 않은 게 다행이라 여기며. 하여튼…… 결국 저는 저의 변소를 버리는 것으로 일단 마무리를 지었지만, 처음으로 꿈꾼 일의 실패는 오래오래 그림자처럼 저를 따라다녔지요. 그래서 강도를 조금 낮춘, 실현 가능성이 있어 보이는 두번째 꿈이 곧바로 모습을 드러냈던 것인지도 모릅니다.

"전학?"

한심하다는 눈으로 아내가 저를 쳐다보네요.

"이상해? 요즘 학부모들은 더 좋은 교육을 위해서라면 자녀들이 싫다 그래도 일부러라도 전학을 보내잖아."

"고아가 되고 싶다는 황당한 꿈이 물 건너가자 당신은 어떻게 해서라도 집을 떠나고 싶었던 것뿐이야."

"……물론 그렇지만, 나는 당신이 내 꿈 너머에 있는 본질적이고 근원적인 부분을 이해해줬으면 싶어."

"본질적이고 근원적인 부분? 그게 뭔데?"

말을 마친 아내가 코를 흥흥거리네요. 저런 반응을 보일 땐 참 밉습니다.

"실존적인 외로움."

"하하하! 이상한 수식어 붙이지 말고 그냥 터무니없는 외로움이라고 해!"

"정체 모를 외로움."

아내가 저를 무시하는 것 같아 조금 화가 나지만 참기로 했습니다. 아직 이 이야기의 길이 머니까요. 선생님, 어릴 때나 지금이나 외로운 건 변함이 없는 것 같네요.

한 학년에 두 반밖에 없는 시골 초등학교를 다니고 있었지요. 이 골짜기 저 골짜기에서 오 리, 십 리, 이십 리 길을 걸어온 코흘리개들이 모여 있는 교실이었습니다. 대부분 농사를 짓는 집안의 아들딸들이라 흙 묻은 감자알처럼 모두가 비슷비슷하게 생겼었지요. 상황이 그러하니 몇 안 되는 가겟집이나 선생의(앗, 죄송!) 자식들은 군계일학처럼 차림새나 얼굴이 눈에 띄는 법이지요. 물론 가장 중요한 도시락 속의 내용물도.

하여튼 감자알 같은 우리들은 그렇게 학교에 모여 한글을 배우고 구구단을 외우며 후르륵후르륵 콧물을 삼키곤 했습니다. 수업이 끝나면 뽀얗게 일어난 흙먼지가 땀방울을 따라 얼굴에서 줄줄 흘러내릴 때까지 운동장을 뛰어다녔지요. 그러다 배가 고프면 학교에서 급식으로 준 옥수수빵을 운동장 귀퉁이의 한 아름도 넘는 버드나무 아래에서 씹으며 땅따먹기 놀이를 했습니다. 누나들의 수업이 끝나길 기다리며. 아니면 흙먼지 날리는 신작로를 따라 홀로 집으로 돌아가거나. 봄날에는 신작로 옆에서 먼지를 뒤집어쓰고 있는 함석집의 울타리 너머에서 피어나는 살구꽃이나 복사꽃에 취해 걸었지요.

여름에는 길옆 개울을 뒤지며 물고기를 찾았습니다. 코스모스로 몰려오는 벌들을 잡으려다 침에 쏘여 눈물을 삼키고 있을 때 흙먼지를 날리며 지나가는 초록색 직행버스의 꽁무니를 오래 바라보았던 가을날도 있었지요. 그 버스가 어디로 가고 있는지 궁금해하며. 그 버스에 타고 있던, 낯선 사람과의 아주 잠깐 동안의 눈맞춤에 야릇해하며 초등학교 저학년의 가을을 건너갔던 것 같네요.

밤마다 와스스와스스 마른 미루나무 잎을 흔들던 바람이 채 사라지기도 전에 대관령엔 눈발이 날리고 얼음이 얼기 시작했지요. 학교란 곳에 들어가서 처음으로 네 계절을 모두 겪은 것입니다. 일학년을 비로소 마친 것이지요. 그 자리에서 모닥불처럼 어떤 욕망이 조금씩 싹터 올랐지요.

선생님, 어쩌면 저는 한 학년씩 올라갈 때마다 점점 바깥세상에 대한 궁금증이 커졌던 것 같습니다. 아무런 변화도 없는 듯한 산골학교에 서서히 지쳐가고 있었지요. 매일 과자로 여자애들의 환심을 사려는 가겟집 아들 호성이 녀석이 못마땅했던 겁니다. 부러웠겠죠. 고작 과자 나부랭이에 마음이 돌아서는 여자애들이 미웠던 건지도 모릅니다. 과자를 대신할 그 무엇이 제게 없다는 게 화가 났지요. 정국이만큼 빠르게 달리는 재주도 없었고, 연성이만큼 공을 잘 차는 능력도 부족했습니다. 공부 역시 어느 선에서 더 이상 진전을 보이지 않았지요. 싸움질도 마찬가지였구요. 그러니 그저 학교에 갔다가 집으로 돌아오는 일이 되풀이될 뿐이었지요. 갑자기 세상이 너무 심심해졌던 겁니다. 어른이 되려면 멀었고 답답한 현재를 벗어날 수 있는 방법이 무엇일까 고민하다가 내린 결론이 바로 전학을 가자는 것이었습니다. 그런데 당장 집이 이사를 가는 것도 아닌데 나 홀로 어디로 전학을 갈 수 있었을까요?

"그러게."

아내는 어이가 없다는 듯 피식 웃네요. 뭐, 이해 못하는 건 아닙니다. 당연히 어이가 없겠지요.

"당신은 전형적인 몽상가인 거 같아."

"늘…… 꿈이 좌절당하는 몽상가."

"맞아. 이룰 수 없는 꿈만 꾸었던 어린 몽상가. 그래서 어떻게 됐어?"

'몽상가'라는 낱말을 입속에서 혀로 굴리며 저는 다시 마음을 어린 시절로 전학 보냅니다. 얼굴이 하얗고 안경까지 쓴, 전학 온 친구의 옆자리로.

"삼학년인가 사학년이 되자 한 녀석이 우리 반으로 전학을 왔어. 그때까지 전학을 가고 온 친구가 한 명도 없었기에 우리들의 관심은 대단했지. 더군다나 녀석은 도시에서 살다가 온 거야. 나는 얼굴이 하얀 사람을, 남자를 처음 보았어. 안경을 쓴 사람도. 정말이야! 워낙 산골이다 보니 남자든 여자든 모두 얼굴이 가무잡잡했고 안경이라곤 노인들이 쓰던 돋보기밖에 본 적이 없었거든. 남자인 내가 봐도 녀석은 정말 신기했어. 그러니 녀석에 대한 여학생들의 관심이 오죽했겠어. 내 관심은 슬슬 질투심으로 변해갔지. 녀석의 이름은 용희였어. 함용희."

"산골마을 남학생들의 연적이 짠, 하고 나타난 거네! 특히 몽상가인 당신을 울리는."

"강적이었어."

선생님, 용희의 등장은 한마디로 문화적 충격이었습니다. 여자아이들이 하얗고 곱상한 얼굴과 안경을 그렇게 좋아하리라고는 상상조차 못했지요. 전학 온 아이 용희의 일거수일투족을 주시하는 여자아이들의 변심에 그만 넋을 놓아버릴 지경이었습니다. 그동안 제가 쌓아올린 모든 탑들이 무너져내리는 장면을 참담한 얼굴로 지켜볼 수밖에 없었죠. 세상 여자들의 마음이란 게 바로 이런 거구나 절감하며 눈물을 삼켰답니다. 세숫대야에 물을 받아놓고 얼굴을 씻고 또 씻으며. 개울가에 주저앉아 피부가 화끈거릴 때까지 고운 모래로 얼굴을 닦으며. 거울 앞에 앉아 엄마의 콜드크림을 몰래 바르고 또 바르다 그 냄새에 취해 쓰러지며. 모든 방법을 다 동원했지만 여전히 가무잡잡한 얼굴을 바라보며.

어디 그뿐이겠습니까. 깨알만 한 글씨가 촘촘하게 박혀 있는 세계명작 소설책을 눈 바로 앞에다 들이댄 채로 읽고 또 읽었지요. 갓 들어온 텔레비전 앞에 바짝 붙어 앉아 떠나지 않았지만 시력은 좀처럼 나빠지지 않았습니다. 깊은 밤 배터리에 연결한 백열등 앞에 코를 들이댄 채로 뚫어져라 노려보기를 매일같이 되풀이했지만 마찬가지였답니다. 꿈에도 그리던 소원을 비로소 꿈에서 이루었던 적도 있었지만, 꿈에서 깨어나지 않을 도리가 없었지요. 언제나 꿈은 너무도 짧았거든요.

"전학 보내줘."

모든 시도가 실패로 돌아간 뒤 진지하게 엄마에게 내 뜻을 전했지요. 도시에 나가 공부하면 나중에 더 훌륭한 사람이 될 거라는 공약을 걸고서. 물론 속마음은 그렇지 않았지요. 도시로 전학 가면 시골 출신인 제가 오히려 주목받을지도 모른다는 막연한 기대에 사로잡혔던 겁니다. 도시에서 시골로 온 용희 녀석의 반대 경우를 재빨리 파악한 것이지요.

"전학? 전학이 뭐냐?"

"지금 다니는 학교에서 다른 학교로 이사 가는 거랑 비슷해."

"어디로?"

"형이 있는 춘천으로."

"나중에 나이 들면 가고 싶지 않아도 가게 된다."

"지금 가야 된다니까! 그래야 성공할 수 있어!"

"쓸데없는 생각 말고 물가에 가서 소나 빨리 끌고 와!"

"보내달라니까!"

애원해도, 울고 매달려도, 밥을 굶어도…… 선생님, 소용없는 일이었습니다. 춘천에 있는 형에게 장문의 편지를 썼지만 답장도 오지 않았지요. 입을 닷 발이나 내민 채 소가 있는 물가로 돌멩이를 걷어차며 가야만 했습니다. 제 말을 듣지 않는 소에게 질질 끌려가다가 결국 길바닥에 넘어지고 말았지요. 소는 저 혼자 경중경중 뛰며 집으로 달려갔지요. 까진 무릎에서 흐르는 피를 닦으며 울면서 집으로 돌아오니 소는 마구간에서 싱글싱글 웃으며 저를 바라보기만 하더군요. 마치 이렇게 말하는 것 같았습니다.

니는 평생 날 끌고 다니며 꼴이나 먹일 팔자다!

선생님, 아무도 몰래 지게작대기로 소의 옆구리를 후려갈기지 않을 수 없었지요. 학교에서 돌아오면 농사일이 바쁜 부모님을 대신해서 물가나 산골짜기에 매어놓은 소에게 풀을 먹이는 일은 정말이지 귀찮고 성가신 일입니다. 뿔이 달리고 덩치 큰 소가 어린아이의 말을 잘 들을 까닭이 없지요. 날도 어두워지는 터라 대충 먹이고 빨리 집으로 가고 싶지만, 소는 고집불통이랍니다. 아무리 고삐를 끌어당겨도 힘으로는 당할 수 없으니 그저 쇠파리나 등에에 시달리며 저 멀리 마을 운동장에서 여자애들과 놀고 있는 용희 녀석을 바라보기만 할 뿐이지요. 제재소에서 일하는 부모를 둔 덕분에 용희 녀석은 소에 시달릴 까닭이 없었습니다. 가장 놀 거리가 많은 여름날 방과 후 시간을 꼬박 소에게 바쳐야 하는 신세가 그토록 한심할 수가 없었지요.

고아도 아니었고 낯선 곳으로 전학을 가지도 못했으니, 저는 점점 고독해졌지요. 얼굴이 하얀 것도 아니고 더욱이 안경을 쓰고 싶어도 머루알 같은 눈은 더욱 총총하게 반짝이기만 하니 변덕 심한 여자아이들의 시선을 끌어올 새로운 그 무엇도 제겐 없었습니다. 그러니 쉼 없이 나오는 것은 한숨밖에 없었답니다. 소는 힘이라도 세지만 저는 제 스스로 할 수 있는 것이 아무것도 없다는 생각 속으로 깊이깊이 침몰하고 있었지요.

그 여름과 가을, 그리고 겨울 동안 저의 행동은 치졸하기 이를 데 없었습니다. 옛날이야기 속의 놀부와 다를 게 하나도 없었지요. 용희 녀석과 놀고 가는 여자아이들이 집에 못 가도록 길 막고 괴롭히기. 용희 녀석 몰래 안경테 부러뜨리기. 가겟집 아들 호성이의 도시락 왕따 만들기. 제가 화목난로와 도시락 담당이라 일부러 호성이의 도시락은 난로의 맨 위나 맨 아래에 놓아 차가운 밥이 되게 하거나 타게 만들었죠. 대신 맘에 드는 여자아이의 도시락은 언제나 밑에서 세번째 칸에 놓아 점심 시간 때 뚜껑을 열면 김이 모락모락 올라오게 해줬죠.

저 앞에서 굴러다니는 공을 쫓아다니기만 하다가 끝나는 축구는 일찌감치 포기해버렸습니다. 달리기도 마찬가지였죠. 가정교사도 없는(반 아이들 중에서 아무도 가정교사를 두고 있지 않았지만) 공부는 늘 거기서 거기여서 어떤 때는 저보다 공부를 잘하는 아이들을 따라잡을 욕심으로 커닝을 심각하게 고민하기도 했지요. 심지어는 시험 보는 날 그 아이들의 집에 우환이 생겨 학교에 못 오게 해달라고 변소에서 촛불을 켜놓고 기도를 한 적도 있었습니다. 그러나 그런 일들은 당연히 생기지 않았죠. 우리 집 소도 새끼를 낳고 밭을 갈고 피자 같은 똥을 퍽퍽 싸며 무럭무럭 자라고 있었구요.

희망을 잃은 저는 절뚝거리며 학교와 집을 오갔습니다.

그 어느 날, 담임선생님은 우리들 모두에게 특이한 숙제를 내주셨습니다. 바로 웅변 원고를 써오라는 것이었지요.

"음…… 웅변……"

"초등학교 중학교 때 내가 받은 상장은 개근상 빼곤 대부분 웅변해서 받은 거였어."

"단상에 올라가 주먹을 뻗으며 소리를 꽥꽥 질렀단 말이지?"

"응. 이 연사, 여러분께 강력하게 호소하는 바입니다—! 라고."

"내가 젤 싫어한 게 땡볕의 운동장에 앉아 웅변하는 거 듣는 거였어."

"지금 생각하면 나도 창피해."

아내와 저는 환한 목련꽃을 바라보며 웃었습니다.

"근데…… 이 반성문 말이야. 중간중간 나눠서 제출하는 게 어때? 입원해 계신 당신 선생님도 좋아하실 것 같아."

선생님의 병세를 걱정하는 아내의 당부입니다.

10

"호성이란 친구는 지금 뭐 하고 살아? 최근에 만난 적 있어?"

선생님에게 건넬 반성문을 정리하고 있는데 아내는 뜬금없이 가겟집 아들 호성이에 대해 물어왔다. 아내의 얼굴을 가만히 바라보며 나는 생각을 다듬어야만 했다. 모든 기억이란 결국 기억하는 당사자의 입장에서 해석되는 게 아니겠는가. 그러니 내 기억에 대한 해석을 호성이가 달가워하지 않을 수도 있었다. 나는 집 안 이곳저곳에 아무렇게나 벗어놓은 옷가지처럼 흩어져 있던 기억들을 갓난아기 다루듯 조심조심 거둬들였다. 그렇게 하지 않으면 녀석들이 어느 날 한꺼번에 들이닥칠지도 모를 일이었다. 사실이 왜곡되었다고. 당장 정정하라고.

"저번 동창회 때 만났어. 제철소에 오래 다니다 지금은 집사람과 함께 식당을 하고 있다는 얘길 들었어. 왜?"

"과자 애길 해보지 그랬어?"

"그럴 기회가 없었어. 아참, 호성이 집사람도 초등학교 동창이야! 함께 왔었어."

"그렇겠지!"

아내는 고개를 끄덕이며 의미심장한 눈으로 나를 훑었다.

"왜?"

"아냐."

빙글빙글 웃는 아내는 이미 무엇인가를 짐작한 얼굴이었다. 순간 뜨끔해진 마음을 나는 몰래 제자리에 돌려놓았다. 아내는 키득키득 웃으며 말을 꺼내놓았다.

"당신, 초등학교 때…… 호성이란 친구의 아내를 좋아했었지?"

"무슨 소리야?"

"좋아했잖아? 그리고 호성이가 과자로 그 여자애의 마음을 빼앗아갔다고 여기고 있지?"

"아냐."

"아니면 할 수 없고. 아냐! 맞는 거 같은데?"

갑자기 시간을 거슬러 올라가 초등학생이 된 기분이었다. 게다가 우리들의 초등학교 밖 울타리 너머에서 혹독한 관전평을 하고 있는 아내가 얄미운 건 솔직한 심정이었다. 나는 선생님의 병문안을 서두르기로 작정했지만, 아내는 틈을 주지 않고 다시 내 발목을 잡았다.

"용희라는 친구는 뭐 해?"

"못 본 지 꽤 됐어. 볼링선수가 됐다는 애길 전에 전해 들은 거 같아. 나 지금 병문안 갈 거야. 늦을지도 몰라."

"왜 도망가?"

"도망? 누가? 내가?"

"응. 당신."

"선생님 병문안 간다고 했잖아. 이것도 전해 드릴 겸. 갔다 와서 마저 얘기하면 되잖아."

목소리가 퉁명스럽게 변하는 걸 막을 수 없었다. 시시콜콜 내 어린 시절을 향해 호미질을 하며 들어오는 아내가 얄미웠다. 말을 해도 탈, 하지 않아도 탈이란 생각이 들자 신발을 찾는 내 손놀림이 더 거칠어졌다.

"당신이 못마땅해했던 친구들이 당신 이야기를 읽으면 뭐라 그럴까?"

아내는 결국 집을 나가려는 내 등에 비수를 날렸다. 나는 신발도 제대로 신지 못하고 비틀거렸다. 마당 귀퉁이 목련 꽃송이들이 한순간 와르르 떨어지는 것 같았다. 나는 겨우 중심을 잡고 돌아서서 아내에게 물었다.

"왜 그러는 거야?"

"반성문이 아니라 변명 같아서 하는 소리야."

나는 일부러 문을 소리 나게 닫았다. 그 순간 정말 목련 한 송이가 툭 떨어졌으나 애써 못 본 척했다. 손에 든 반성문이 쇠로 된 종이처럼 무거웠다.

11

선생님은 변함없이 그 자리에 누워 계셨다. 나는 들고 간 반성문을 선뜻 내밀지 못하고 창밖의 목련을 자주 흘깃거렸다. 목련 꽃송이는 지난번보다 훨씬 줄어 있었다. 오 헨리의 단편소설인 「마지막 잎새」가 또 떠오르는 걸 어찌할 수가 없었다. 까맣게 타들어가는 선생님의 얼굴은 마치 꽃샘추위가 비바람에 실려 지나간 아침, 마당에 떨어져 있는 목련 꽃잎을 보는 듯해 자주 눈을 비벼야만 했다. 선생님의 무연한 미소마저 없었다면 입속이 모두 타버릴 것 같아 나는 자주 침을 불러내 혀를 적셔야만 했다. 그러나 어떤 생각도 말이 되어 입 밖으로 흘러나오지 않았다.
"봄꽃이 한창이지?"
선생님의 시선이 나를 뚫고 지나가는 걸 느꼈다. 병원을 빠져나가 화사한 꽃의 터널을 찾아 날아가고 있었다.

"……예."

"밖으로 나갈까?"

휠체어를 가리키는 선생님의 손가락이 파르르 떨렸다. 얼굴과 달리 지나치게 흰 빛깔이었다.

"나가셔도 돼요?"

"꽃은 봐야지."

"소설책만 한 창 속에 갇혀 있었네!"

"정말 소설책만 하네요!"

선생님과 나는 흐드러진 왕벚꽃 나무 아래에서 잔디밭과 주차장 건너에 거대한 성처럼 버티고 서 있는 종합병원 건물을 올려다보았다. 선생님의 말대로 종합병원의 유리창은 왠지 펼쳐놓은 소설책처럼 보였다. 많은 이야기들을 담고 있는, 펼쳐놓은 페이지가 제각각 다른. 나는 한동안 입을 다문 채 그 많은 창문들을 스파이더맨처럼 오가며 기웃거렸다. 탄생과 수술, 요양, 죽음이 한데 어우러져 있는, 백과사전 같은 이십 층짜리 종합병원 건물을.

"그래, 반성문은 잘 되는가?"

"……예."

나는 나무의자에 올려놓은 서류봉투를 만지작거렸다. 딱딱하고 이루 말할 수 없이 무겁게 느껴졌다. 더구나 반성문의 내용은 갑자기 정전이 된 것처럼 아무것도 떠오르지 않았다.

"어렸을 때도 그랬지만 반성문을 쓴다는 건 쉬운 일이 아닌 것 같습니다."

"그렇지. 가급적 피하고 싶은, 만나고 싶지 않은 것이랑 대면을 해야 하니까."

햇살이 종합병원의 고층에서부터 서서히 내려오며 유리창을 하얗게 탈색시키고 있었다. 소설책 속의 이야기들이 모두 증발해버리는 중인지도 모른다고 나는 상상했다. 각각의 병실에 누워 있는 이야기들이.

"아내는 반성이 아니라 변명이라고 저를 몰아세우더군요."

"하! 반성과 변명이라…… 재밌네!"

"이곳으로 오는 동안 그 둘의 경계가 무엇인지 헷갈리던데요. 근데 선생님도 반성문을 써보신 적이 있습니까?"

"많지! 수도 없이 그걸 쓰며 여기까지 왔어!"

"……예."

"지금 생각하니…… 반성인지 변명인지 나도 좀 헷갈리지만."

바람에 연분홍 벚꽃이 분분히 흩날렸다. 빽빽하게 주차돼 있는 차량들은 각자의 내력만큼 꽃잎들을 뒤집어쓴 채 봄날 오후를 건너가고 있었다. 선생님과 나는 꽃잎들을 따라 게으르게 병원 이곳저곳을 쏘다녔다. 왕벚나무 아래서 한 발짝도 움직이지 않은 채 오직 시선만으로. 그리고 나는 들고 온 반성문을 도로 가져갈까 말까 망설였다. 아무래도 반성이 아니라 구질구질한 변명인 것 같아서.

"술 한잔 생각나는 봄날이야."

선생님은 개구쟁이처럼 웃었다. 간암 말기에 술이라니…… 나도 웃지 않을 수 없었다.

"가서 살짝 사올까요?"

"기분 좋게 마시고 나도 오늘 밤부터 병실에서 반성문 쓰면 되겠네!"

"그거 재밌겠는데요. 선생님 반성문은 제가 검사하겠습니다."

술을 마신 것보다 더 기분 좋게 선생님과 나는 한동안 키득키득 웃었다. 웃음 뒤에 따라오는 몇 방울의 눈물도 오랜만에 다시 만났다. 나는 선생님 몰래 그 눈물을 닦았다. 내가 가져온 반성문은 여전히, 마치 무거운 호박돌처럼 나무의자 위에 우두커니 앉아 떨어진 꽃잎을 제 몸 위에 올려놓고 있었다.

"그건 안 줄 건가?"

선생님이 먼저 서류봉투의 진로를 물었다.

"……다 쓰지 못했어요. 몇 번이 될지 모르겠지만 나눠서 제출할게요."

생각보다 반성문은 많이 가벼워져 있었다. 나는 선생님의 무릎 위에 반성문을 올려놓았다.

"그러니까…… 반성문을 연재하시겠단 말이군!"

"그렇게 되나요?"

병원으로 돌아가면서 선생님과 나는 다시 킬킬킬 웃었다.

"삼십 년 뒤에 반성문을 제출하는 것도 모자라 연재를 하시겠다! 재밌어!"

"반성이 아니라 재미없는 변명이나 투정일 겁니다."

"기대하겠네!"

나는 원고지 500매의 반성문 연재를 다 끝낼 때까지 건강하시라는 말을 건네고 싶었으나…… 그러지 못했다. 선생님의 병실 밖에 서 있는 목련나무는 조금씩 야위어가고 있었다.

12

바야흐로 웅변의 시대였습니다.

하루 만에 쓴 웅변 원고를 본 선생님은 제게 큰 소리로 읽어보라 했고, 드디어 직접 웅변을 해보라고 권했지요. 웅변이라…… 희망을 잃고 절뚝거리던 제 가슴은 조금씩 요동치기 시작했습니다. 그동안 고학년들이 하는 웅변을 운동장에 앉아 보고 듣기만 했던 저로서는 긴장되고 흥분되지 않을 수 없었지요. 높은 단상에 올라가 두 주먹, 두 손바닥을 허공으로 뻗고 펼치는 제 모습이 미리부터 삼삼하게 그려졌습니다.

선생님, 웅변대회가 얼마 남지 않았을 때입니다. 당연히 맹연습에 들어갔지요. 먼저 원고를 다듬고 통째로 외우기로 작정했습니다. 틈틈이 필요한 몸짓을 연습했지요. 기존의 낡은 몸짓은 빼고 비장의 무기로 활용할 획기적인 것도 준비했습니다. 저녁을 먹고 어두워지면 집 뒤 숲 속, 저만의 장소로 이동해 숲이 쩌렁쩌렁 울릴 정도로 목청을 높였지요. 꽃들이 눈물을 흘리도록, 산짐승들의 애간장이 녹아내릴 정도로 간절하게 호소하는 것도 빠뜨리지 않았습니다. 겁 많은 누나들이 숲 밖에서 손전등 불빛으로 어둠을 쫓으며 저를 부를 때까지 웅변 연습은 매일 저녁 계속되었지요. 그즈음 우리 집 안방에 떡하니 자리를 잡은, 전기가 들어오지 않아 자동차용 배터리에 연결해 보던 텔레비전도 뒤로한 채.

심지어는 꿈에서조차 웅변 연습을 했습니다. 꿈에 출전한 웅변대회에서 어느 순간 원고 내용을 까맣게 잊어버리고 어찌할 줄 몰라 땀만 뻘뻘 흘렸지요. 단상 아래의 관중들이 내지르는 비웃음 소리에 우두커니 서 있을 수밖에 없었답니다. 서둘러 단상의 원고를 뒤적거렸지만 도대체 알아볼 수 없는 글자만 가득하거나 아예 백지로 변해버린 적도 있었지요. 햇볕이 내리쬐는 운동장의 단상 위에서 저는 한없이 고독했습니다.

그런데 대회가 며칠 남지 않은 현실에서는 더 끔찍한 일이 벌어졌습니다. 지독한 악몽에 시달리다가 깨어난 아침이었지요. 선생님, 제 입에서 말이 소리가 되어 나오지 않는 것이었습니다. 단 한마디도. 바람 빠지는 소리만 답답하게 새어 나오고 있으니! 당장 내일모레가 웅변대회가 열리는 날인데. 너무 무리하게 소리를 내질러 목이 완전히 잠겨버린 거였지요. '목이 잠겼다'란 말을 엄마의 입을 통해 들었지만 도무지 납득할 수가, 받아들일 수가 없었습니다. 닭장 속의 암탉이 낳은 비릿한 날계란을 몇 개나 삼켰지만 사라진 소리가 굴뚝 뒤에서 툭 튀어나와 '나 여기 있었네!' 하고 웃지 않았지요.

목이 잠긴 이틀은 고행의 시간이었습니다.

사라진 소리를 찾아 저는 사방을 두리번거렸으나 허사였지요. 닭은 울고 반 아이들은 웃었지요. 사방에 소리가 들끓었지만 저는 침묵 속에서 헉헉거리기만 했습니다.

방과 후 다른 반 교실을 기웃거리면 어김없이 웅변 연습을 하는 아이들의 목소리가 깨지기 쉬운 유리창을 흔들었습니다. 저는 두 손으로 목을 조르듯 주무르며 돌아서야만 했지요.

내 마음속에선 온갖 소리들이 들끓는데 어느 하나도 입 밖으로 나올 수 없다니……

첫 웅변을 해보지도 못하고 목소리를 잃어버리다니.

아니, 잃어버린 게 아니라 내 안에서 자취를 감춰버린 게 아닐까?

그렇다면 암탉이 알을 낳듯 지금 당장 쑥 나오면 안 되나? 생각 같아선 목구멍에 손을 집어넣어 억지로 꺼내고 싶은데.

웅변대회가 개최되는 시간까지 끝끝내 목소리가 나오지 않는다면? 연사의 자리에 앉아 있다가 단상에 올라가지도 못하고 쓸쓸히 일어나야 한다면? 단상에 올라가 아무 말도 않고 십여 분을 서 있다가 내려온다면? 그것도 웅변일까?

선생님, 온갖 걱정의 가마솥 속에서 이틀 동안 허우적거린 뒤 깨어난 아침이었습니다. 이불 속에서 조심스럽게 입술을 열어보았지요. 머릿속에서 떠오른 말을 천천히 목구멍 밖으로 밀어내보았지요.

"아—"

아, 정말 듣기 좋은 소리였습니다.

"아—!"

아, 이보다 간단하고 절절한 감탄이 어디 있겠습니까.

천지개벽이란 게 바로 이런 거구나, 똑똑히 느낄 수 있었지요. 저는 거미줄이 쳐진 천장을 향해 똑바로 누운 채 비로소 소리를 뱉어내기 시작했습니다. 하나, 하나씩. 또박또박. 두근거리는 가슴을 한 손으로 가만가만 쓰다듬으며. 다른 한 손으론 알에서 갓 깨어난 어린 새를 돌보듯 제 입에서 빠져나온 소리를 조심스럽게 보듬었지요.

이 자리에 모이신 여러분.

저는 지금 비통한 심정에 사로잡힌 채 이 자리에 나왔습니다. 그게 무엇이냐 하면……

선생님, 그러나 저는 지금 그 옛날 제가 처음으로 토해놓았던 웅변 원고를 거의 기억하지 못합니다. 어떤 행사를 위한 웅변이었는지도. 6·25사변에 관한 것이었는지, 반공소년 이승복 추모, 아니면 자연보호에 관한 웅변인지 알지 못합니다. 다시 곰곰이 생각해봐도 그 시절 매번 빠지지 않고 단상에 올라가 침을 튀기며 웅변을 했던 기억은 생생하지만 그 내용은 깜깜합니다. 뭐, 초등학생의 상상력이 어디까지 갔겠습니까마는 그 많은 웅변 원고들이 어디로 사라졌는지 궁금한 것은 사실입니다. 소설과 형식은 다르지만 어쨌거나 제가 흥분과 기대에 사로잡혀 쓴 글이니까요. 또 웅변이란 형식은 자신의 주장을 토로했을 때 청중의 반응을 바로 느낄 수 있고 그 결과(끝나고 나면 시상식이 이어지거든요!) 또한 즉각적인지라 당시로선 제 마음에 드는 꽤 매력적인 장르였습니다. 하여튼 저는 첫 웅변 이후 그 많은 웅변 원고들이 모두 어디로 사라졌는지 알지 못합니다. 상장과 상품도. 다만…… 평소 높게만 보였던 단상에 올라가 보았던, 줄을 맞춰 운동장에 앉아 있었던 전교생들의 검은 머리들만 떠오를 뿐이네요.

아 참, 저의 첫 웅변은 성공적이었습니다. 학교 대표로 뽑혀 본선에 나가게 되었으니까요. 바야흐로 웅변의 계절로 접어든 것이지요. 반공, 불조심, 통일, 호국보훈, 자유수호, 에너지절약…… 그 많은 웅변대회를 이 연사는 붉고 푸른 밑줄과 동그라미가 그려진 복잡하고 어지러운 원고를 들고 목청과 맨주먹 하나에 의지해 돈키호테처럼 돌진해갔습니다. 각종 국어사전과 옥편, 탁상시계, 공책을 부상으로 받아 들곤 집으로 돌아왔답니다. 잠겼다가 풀리기를 반복하는 목젖을 어루만지며 초등학교에서 중학교까지 올라갔지요.

그 어느 날, 문학을 만날 때까지.

"가장 좋은 성적을 낸 게 언제야?"

아내는 역시 예리합니다. 제가 슬쩍 덮어놓았던 부분을 잊지 않고 들추네요. 뭐…… 끝까지 감추려 했던 것은 아닙니다.

"군 대회까지가 전부야. 거기서 일등을 해야 도 대회에 나갈 수 있어. 일등은 못했어. 근데 가만히 보니 매번 군청 소재지 여학생이 일등을 하는 거야. 그 학생이 잘하긴 했는데, 아무래도…… 심사위원들이 좀 수상해 보였어."

"뭐가?"

아내의 눈이 반짝 빛납니다. 또 괜한 말을 꺼낸 것 같네요.

"군청 소재지 사람들의 텃세 같은 거."

"이등의 치졸한 변명으로 들리는데."

"맞아. 결과적으로 그렇지. 근데, 그 여학생 되게 이뻤어!"

"어련하겠어! 산골짜기 학생이 군청 소재지에 사는 여학생을 봤으니. 연애편지라도 쓰지 그랬어?"

"지금도 그렇지만 그땐 되게 순진했거든."

아내가 푸흐흐 웃음을 터뜨리네요.

"정말이야! 얼마나 순진했냐면 말이야…… 중학교 일학년 때 웅변을 하러 평창읍에 갔는데, 인솔교사가 국어 선생이었어. 그 선생이 좀 괴짜였어. 평창에 도착하니 시간이 꽤 많이 남았어. 근데 그 선생이 나를 데리고 아가씨들이 있는 다방엘 들어가는 거야. 난생 처음 다방이란 델 들어갔으니 도대체 어찌할 줄 몰랐지. 무슨 차를 마셨는지 기억도 안 나. 선생은 다방 아가씨를 옆에 앉혀놓고 손을 주무르며 무슨 재미난 얘긴가를 하고 있었고, 나는 연신 손목시계를 만지작거리며 빨리 시간이 흐르기만을 기다렸어. 선생은 아마 손금을 봐줬던 것 같아."

"그 선생 웃긴다! 그래서?"

"얼마쯤 뒤에 선생은 갑자기 볼일을 보고 온다며 나보고 거기서 기다리라 해놓고 나가버렸어. 나는 웅변 원고를 검토하며 틈틈이 아가씨들의 민망한 옷차림이며 말과 행동을 훔쳐봤어. 다른 자리에서 남자들의 품에 반쯤 기댄 채로 요구르트를 마시는 모습까지. 두근거리는 가슴을 감추느라 애쓰며."

"선생이나 학생이나 똑같네!"

"문제는, 어느덧 시간이 흘러 웅변대회가 임박해졌는데도 선생이 나타나질 않는 거야. 선생을 기다릴 것인가, 말 것인가? 그것보다 더 고민이 되었던 건 선생과 나, 그리고 아가씨가 마신 찻값을 내가 내야 하나 말아야 하나 하는 문제였어. 그때만 해도 가격표가 벽에 걸려 있는 요식업소가 드물었거든. 대회가 열리는 장소야 알고 있었으니까 혼자 가도 문제될 건 없었지만 말이야. 나는 집에서 받아 온 용돈이 찻값을 감당할 수 있을까, 모자라면 어떡하나, 내가 꼭 돈을 지불해야 하나…… 뭐 이런 복잡한 생각을 손목시계를 들여다보며 하다가 벌떡 일어났어. 그리고 쭈뼛쭈뼛 카운터 앞으로 다가갔어. 그 짧은 시간 동안 나는 선생이 다방 아가씨의 손을 만지작거린 게 계산에 포함될까, 포함된다면 대체 얼마일까 걱정하고 있었지. 만약 액수가 내가 지닌 돈보다 초과되면 웅변대회 참가는 물 건너가고 꼼짝없이 다방에 잡혀 있어야 되는 건 아닐까, 불안해하며."

"에구구, 불쌍해라!"

선생님, 결국 그날 다방 안은 제 행동으로 인해 온통 웃음바다로 변해버렸답니다. 저는 어디로 사라졌는지 모를 선생을 원망하며 벌겋게 변한 얼굴로 문예회관을 향해 뛰어갔지요. 뜨거운 여름 햇볕을 온통 뒤집어쓴 채. 아, 찻값은 제 돈으로 계산하지 않았습니다. 물론 아가씨의 손목을 만지작거린 비용도.

그게 저의 마지막 웅변대회였습니다.

13

"당신 얘길 들어보니, 그 당시 웅변대회라는 거 말이야, 마치 나라 정책을 홍보하는 행사였던 것 같아. 당신은 아무것도 모른 채 그 정책을 홍보하는 말단의 어린 학생이었고."

"나도 그런 생각을 했어. 그래서 좀 찜찜하긴 해."

"괜찮아. 그때 우리들은 모두 그 뜨거운 운동장에 앉아 있거나 서 있어야 했잖아. 그나마 강당이면 다행이었고."

"사실 당시엔 웅변을 듣는 사람들의 고통은 조금도 생각하지 않았어. 어떻게 하면 내 목소리를 모두에게 잘 전달할 수 있을까 고민하느라 바빴지. 특히 심사위원들에게."

"너무 자책하지 마."

몸이 약한 한 학생이 더위를 이기지 못하고 운동장에서 쓰러졌던 기억이 아내의 말을 듣고서야 떠올랐습니다. 단상에서 열변을 토하던 저는 선생님의 등에 업혀 나가는 그 학생을 보고 먹잇감을 발견한 맹수처럼 즉석에서 원고를 수정하는 민첩함까지 보여주었답니다.

여러분, 우리가 이 정도 더위조차 이기지 못하고 모두 쓰러진다면 어떻게 빨갱이를 때려잡고 나아가 통일이라는 과업을 이룰 수 있겠습니까! 그러기는커녕 앉은 채로 적화통일을 당하지 않는다고 누가 장담할 수 있겠습니까! 그렇지 않습니까?

운동장에 앉아 끄덕끄덕 졸거나 장난을 치던 청중들은 우레와 같은 저의 목소리에 일제히 박수를 치지 않을 도리가 없었지요. 청중들은 뜨끈뜨끈한 머리를 치켜든 채 단상을 우러러보았습니다. 저는 회심의 미소를 지으며 원래의 원고로 돌아왔지요. 마침 제 차례에서 더위에 쓰러진 학생에게 내심 감사하며. 사실 앞서 끝난 이학년 선배의 새롭고 기이한 웅변 형식에 내내 신경이 쓰였거든요.
"그게 뭔데?"
"어떻게 보면 코미디 같기도 하고, 또 어떻게 보면 그동안의 식상했던 웅변 형식을 일거에 깨뜨려버리는 파격이었거든. 마치 게릴라 같았어."
선생님, 그 선배는 정말 게릴라 같았습니다. 주먹으로 탁자를 내리치고 손으로 허공을 휘젓는 고전적인 웅변 형식을 모두 무시해버렸으니까요. 가지고 올라간 원고를 갈기갈기 찢어버린 것은 시작에 불과했습니다. 물이 든 컵을 허공으로 던져버리더니 간단하게 탁자를 부숴버렸습니다. 그러곤 갑자기 단상에서 내려오더니 심사위원 선생님들 앞에 엎드려 절을 하는 것이었습니다. 그 행위는 제가 보기에 아부가 아니라 조롱으로 여겨졌지만 아무도 눈치 채지 못하는 것 같았지요. 그렇게 그 선배는 종횡무진 단상과 운동장을 누비며 웃음과 박수를 유도하더니 마지막으로 '중이 제 머리 못 깎는다'는 속담을 뒤집겠다며 직접 바리캉을 꺼내 들고 남북을 잇는 고속도로를 내듯 머리 한가운데를 밀어버리더군요. 남의 힘을 빌리지 말고 통일을 이루자는 일종의 행위예술이었습니다.

"누가 상을 받았어?"

"내가. 그 선배는 요즘으로 치면 인기상을 받았던 것 같아."

"그런데?"

"잘…… 모르겠어. 상장을 받으러 나가면서, 상장과 부상인 탁상시계를 받고 돌아서면서…… 이제 웅변을 그만해야겠다는 생각이 처음으로 들었어."

"왜?"

왜 그런 생각이 들었는지는 잘 모르겠네요, 선생님. 사실 아무것도 모른 채 나라 정책을 일방적으로 홍보하는 가장 말단의 앵무새일 뿐이란 각성을 했을 리는 만무합니다. 단상에 올라가 연설을 하는 형식에 매료돼 원고를 쓰고 몸짓을 연구하고 목청을 높인 게 웅변을 시작한 계기인데, 시간이 흐르면서 제풀에 지쳐버린 것일까요? 아니면 웅변에서도 매번 이등에 머무르는 현실이 싫었던 건지도 모릅니다. 오로지 웅변만 하는, 웅변가라는 직업이 존재하지 않는다는 걸 어느 순간 눈치 챘던 걸까요? 좀더 수준을 올려, 어렴풋하게나마 그 모든 행위가 누군가의 꼭두각시일지도 모른다는 예감이 들었던 것일까요?

부상으로 받은 탁상시계를 들고 집으로 돌아가는 완행버스 안이었습니다. 친구들은 부러운 듯 베개만 한 탁상시계를 돌아가며 구경하느라 분주했지요. 시곗바늘을 돌려보고 요란한 알람 소리에 탄성을 내뱉었답니다. 앞자리에서 내 얼굴을 곁눈질하는, 평소 말이 없고 참하던 여학생의 첫 반응에도 저는 가라앉는 마음을 제자리로 돌려놓을 수 없었습니다. 어쩌면 저는 그 여학생의 눈길을 받기 위해 웅변을 한 것인지도 모르는데 말입니다. 도무지 제 마음의 향방을 알 수 없어 우울했지요. 이학년 선배의 기발한 웅변에 기가 꺾인 것은 아닌지, 더위에 쓰러진 학생을 비하한 사실에 늦게나마 죄책감을 느낀 것은 아닌지…… 어느 한 가지 때문이 아니라 그 모든 것일까요? 이도저도 아닌 단순히 싫증이 난 걸까요? 도무지 모르겠네요.

옆구리에서 째깍거리는 탁상시계를 들고 집으로 가는 길. 개울을 건너가는 나무다리 위에 걸터앉아 시계를 들여다보면서 오래 생각에 잠겼더랬지요. 그러다 중얼거렸습니다. 그럼 이제 무엇을 하지?

"당신은 원래 싫증을 빨리 내는 성격이잖아."

그냥 넘어가는 법이 없는 게 아내의 성격이지요. 변명 정도는 해야겠네요.

"지금 생각해보니 좀더 깊고 그윽한 형식을 찾고 있었나 봐."
"꿈보다 해몽!"
끙.

14

웅변의 계절에서 빠져나오자 갑자기 모든 게 무료해지더군요. 제가 은퇴를 하고 없어도 때가 되면 변함없이 웅변대회가 열렸지요. 단상을 떠난 저는 다른 학생들처럼 운동장에 앉아 잡담을 나누거나 나무막대기로 그림을 그리고 흘러가는 구름을 바라보았습니다. 둥근 확성기에서 터져 나오는 연사의 간절한 외침에 건성으로 박수를 치며.

운동장에서 웅변대회를 바라보는 일은 생각했던 것보다 훨씬 지루했습니다. 짧은 머리를 달구는 햇살도 보통 뜨거운 게 아니었지요. 보고 또 봐서 배우들의 몸짓과 대사까지 외울 수 있는 영화를 보는 것만 같은 웅변대회를 지켜보느니 일사병으로 쓰러져 누군가의 등에 업혀 양호실로 가고 싶었지만 단지 꿈일 뿐이었습니다. 그제야 알았지요. 단상이건 운동장이건 우리들은 그 울타리를 벗어날 수 없다는 사실을.

 외로운 여행자는 또 다른 외로운 여행자를 바로 알아보는 것일까요. 좁은 울타리 안에서 제가 게으르고 고독한 여행을 하고 있을 때, 선생님 역시 늘 저만큼 떨어져서 홀로 여행을 하고 있는 것처럼 보였습니다. 교정 귀퉁이의 수령 깊은 버드나무 아래에서 생각에 잠겨 있는 모습. 뒤늦게(아니, 마지못해) 교감 선생님의 눈총을 받으며 운동장 조회에 참석하시는 모습을 저는 멀리서 지켜보았지요. 마치 조회에 참가하지 않으려고 숨어 있다가 지도과 선생님께 끌려 나오는 학생 같았습니다. 교정에서 스쳐 지나칠 때 아침인데도 몸에서 풍겨 나오던 술 냄새. 그리고 늘 발갛게 달아오른 코. 마치 고독한 방랑자를 보는 것 같았지요. 다른 선생님들과 잘 어울리지 않는 그런 이상한 행보에 왜 저의 눈길이 자꾸만 끌렸던 것인지 모르겠습니다. 선생님의 국어 수업은 물론 소문도 들은 적이 없는데, 갈 곳을 잃고 방황하는 제게 막연하게나마 어떤 희망으로 비쳐졌던 것 같습니다.

 그렇게 사막 같은 가을과 겨울이 흘러가고 봄이 왔지요.

"이번 백일장에 참석할 사람 손 들어봐라."

 이학년이 되면서 우리 반 담임을 맡은 선생님의 말씀 중 처음으로 제 귀를 쫑긋하게 만들었던 말입니다. 앞뒤 가리지 않고 저는 손을 들었지요.

"넌 웅변하는 걸로 아는데?"

오, 선생님은 저의 과거를 알고 계셨군요!
 "웅변은 그만두었습니다. 백일장에 참석하고 싶습니다."
 "백일장이 뭔지 아냐?"
 "시나 산문을 쓰는 거 아닙니까?"
 당장 떠오르는 대로 대답을 했지요.
 "왜 웅변을 그만두고 백일장에 참가하려는 거냐?"
 "큰 소리로 떠드는 일에 지쳤습니다. 목만 아프고."
 미리 생각해 두었던 것도 아닌데 즉흥적으로 말해놓고 보니 정말 그래서 웅변을 포기했다는 생각이 들더군요. 물론 대답을 하면서, 웅변 원고를 직접 썼으니 백일장도 그렇게 어려울 게 없을 거라는 자만심도 작용했을 겁니다.
 "그래?"
 선생님은 저의 백일장 참가를 선선히 허락했지요. 아마도 교내에서 여는 행사라 가급적 많은 학생들을 참석시키기 위해 별다른 제한을 두지 않았기 때문이라 여겨집니다. 백일장에 가면 수업을 빠질 수 있다는 사실을 간파한 녀석들까지 포함해 십여 명이 손을 들었던 것 같습니다. 선생님께선 간단한 질문과 대부분 우습고 엉뚱한 답변을 듣는 것으로 허락을 했지만, 그 순간 저의 각오는 남달랐다고 말하고 싶네요. 가슴이 심하게 콩닥거리기 시작했거든요. 저는 노트에 진하고 굵은 글씨를 또박또박 눌러 썼습니다.

 백 일 장

오일장도 아닌 백일장이 열리는 시간은 채 하루도 남아 있지 않았습니다. 바로 다음 날 점심시간이 끝나면 시작되니까요. 그날 저는 남은 수업은 딴전인 채 온통 백일장 생각만으로 연습장을 빽빽하게 채워 나갔습니다. 바람 심한 날 대관령 정상을 지웠다가 복원시키기를 거듭하는 안개처럼 머릿속이 혼란스러웠지요. 책상 서랍과 무릎 위에 국어책을 올려놓고 소설과 수필을 수도 없이 뒤적거렸습니다. 그동안 건성으로 읽었던 소년잡지와 탐정물들의 내용을 떠올리느라 바빴지요. 글제를 예상하려고 그즈음의 정세와 계절의 변화를 더듬어나가느라, 마치 옛 왕들의 이름을 차례로 외우듯 끙끙거렸습니다. 소설과 시, 그리고 수필의 특성과 서로를 나누는 경계를 곰곰이 헤아려보았지요.

수업이 끝나고 먼지가 풀풀 날리는 교실을 빗자루로 쓸고 대걸레로 닦는 일이 마치 원고지의 칸을 메우는 것처럼 성스럽게 여겨졌습니다. 웅변을 그만둔 이상 백일장에서 그에 버금가는 성적을 거둬야 마땅하다는, 스스로 만든 기괴한 논리에 저도 모르게 꽁꽁 묶였던 것이지요. 처음이니만큼 참가한다는 것에 의미를 둔다는 생각은 감히 해보지도 않은 게 화근이 되어 결국 삼십 년 뒤의 이 반성문까지 오게 될 줄은 당시엔 상상조차 못했더랬지요.

집으로 돌아갈 버스를 기다리는 차부의 전자오락실에 앉아 벽돌을 깨면서도 익숙한 웅변 원고와 백일장 글의 차이점에 대해 골똘히 따져보느라 자주 오락기 화면 속의 흰 공을 놓치곤 했습니다. 버스의 차창 밖으로 지나가는 풍경들, 하루 일과를 마치고 집으로 돌아가는 피곤한 얼굴의 학생들과 어른들로 가득 찬 완행버스, 운전기사와 안내양의 목소리, 그리고 마을을 지날 때마다 조금씩 헐거워지는 듯한 버스, 무거워 보이는 가방을 들고 홀로 골짜기로 들어가는 그 여학생의 뒷모습…… 저는 그 모든 것들을 하나도 놓치지 않으려고 눈이 아파올 때까지 뚫어지게 바라보았지요. 마음속의 원고지 통에 잔디 씨를 채우듯 하나하나 집어넣었습니다. 평소와 달리 손목 위에서 빠르게 흘러가는 시간을 오른손으로 안타깝게 감싸 안으면서. 감싸 안으면 시간을 조금이라도 저축할 수 있지 않을까 기대하며.

그러나 어김없이 버스는 제시간에 마을 입구에 도착했고 분을 삭이지 못한 마음은 불과 하루 전에 백일장 얘기를 전한 학교의 처사에 불만을 토로하느라 애꿎은 나무다리의 널만 부서져라 쿵쿵 밟아버렸습니다. 비와 세월에 삭은 널의 귀퉁이가 떨어져나가 물 위를 둥둥 떠내려가는 것을 보고야 부리나케 집을 향해 뛰었지요. 그런데…… 그런데 선생님, 왜 자꾸만 버스 안에서 본, 가방을 들고 홀로 골짜기로 들어가는 여학생의 뒷모습이 떠올랐던 것일까요?

집으로 들어가 형과 누나들이 보던 온갖 책들을 다 가져와 뒤적거리고 그동안 썼던 웅변 원고들을 훑어보는 도중에도 그 여학생의 모습은 사라지지 않고 둥둥 떠다녔습니다. 그러다 책을 베고 스르르 잠들었지요. 그날 밤 꾼 꿈속으로 그 여학생이 찾아왔던가요? 잘 모르겠네요. 기억은 늘 가물가물합니다.

"흠! 마침내 문제의 여학생이 등장했군."

팔짱을 낀 아내가 싱글싱글 웃네요.

"뭐 못마땅한 부분이라도 있어?"

"아냐."

"있는 것 같은데? 얘기해."

거실의 유리창 앞으로 간 아내는 마당 귀퉁이의 목련을 향해 서 있네요. 해야 할 말의 순서를 고르는 거겠지요. 민감한 표현을 목련 꽃잎으로 감싸서 건네려는 의도겠지요. 아, 정말이지 반성문은 어렸을 때나 나이가 들어서나 어렵기 그지없는 장르네요. 더군다나 시시때때로 아내에게 검열까지 받아야 하니…… 이윽고 아내는 목련을 등지고 돌아섭니다.

"당신 선생님은 왜 반성문을 구체적으로 오백 매나 쓰라고 했을까?"

저는 아내의 배경으로 서 있는 목련을 바라보기만 합니다.

"반성문이란 게 대체 뭘까?"

목련은 처음의 탐스러움을 점차 잃어가고 있네요.

"변명을 포장한 게 반성 아닐까."

목련 꽃잎은 작은 바람에도 떨어집니다.

"삼십 년이나 지난 뒤에 쓰는 반성문은 또 뭘까?"

나뭇가지가 흔들리지 않는 걸로 보아 바람이 부는 것 같지는 않은데 또 꽃잎이 떨어지네요.

"반성이 아니라 미화가 아닐까."

저는 노트북 화면으로 돌아와 '가물가물한 기억'을 들여다봅니다.

"오백 매라…… 잘못했습니다. 다신 그러지 않겠습니다. 죄송합니다. 이런 단순한 사죄 문구를 반복해서 오백 매를 채우란 뜻도 아닐 테고. 안 그래?"

저는 대답하지 않습니다. 다만…… 미화란 낱말을 입에 넣고 크고 딱딱한 눈깔사탕인 양 이리저리 굴립니다. 아, 단맛이 나는 눈깔사탕이 아니라 쓴맛을 진하게 풍기는 사탕이네요. 이 모든 게 다 그 '문제의 여학생' 탓만은 아니겠지요.

그날 밤 저는 아직 백일장에 참가하기도 전에 아주 길고 긴 꿈속의 백일장에서 글을 짓고 있었습니다. 땀을 뻘뻘 흘리며, 마음에 품어 두고 있던 낱말이 떠오르지 않아 끙끙대며. 다른 학생들은 모두 글을 제출하고 떠났는데 넓은 강당에서 저만 홀로 원고지를 들여다보며. 잘 써지던 펜이 갑자기 나오지 않아 펜을 빌릴 대상을 찾아 두리번거리며. 어깨 너머로 제 글을 보던 감독 선생님의 말—그런 글로는 상 못 탄다!—을 들으며, 웅변이나 하지 여긴 왜 나왔느냐는, 아이들의 쑥덕거리는 소리를 들으며. 저편 끝에 앉아 글을 쓰고 있는 '그 여학생'을 멍하니 바라보며. 아직 글을 다 쓰지도 못하고 있는데 운동장에선 백일장 시상식이 열리는 것에 황당함을 느끼며. 아무리 항의를 해도 받아들여지지 않자 단상으로 뛰어올라가 그 부당함에 대해 열변을 토했지만 저는 없는 사람이나 마찬가지였습니다. 오직 '그 여학생'만이 저를 안타까운 눈으로 바라보고 있었죠.

그렇게 한밤의 백일장 소동에서 깨어나니 다행히도 아침이었습니다. 저는 머리맡에 흐트러져 있는 책 더미 속에서 안도의 한숨을 쉬었답니다. 뒤이어 웅변대회에서 부상으로 받은 탁상시계가 요란스럽게 알람을 울리며 뒷북을 쳤지요.

글을 쓰는 일은 고독한 거구나.

백일장 시간이 다가오기까지 저는 어디선가 들은 이 말을 마음속으로 중얼거리며 칼을 갈았습니다. '고독. 마음에 드는 낱말이다. 나는 이 낱말을 찾고 느끼고 맛보려고 지금껏 방황을 한 것이다.' 왠지 마음이 훈훈하게 달아오르고 뿌듯해져서 수시로 뜻 모를 미소를 흘렸으니…… 제 주변의 친구들이 오른손을 머리 옆으로 올려 손가락으로 동그라미를 그릴 만했죠. 그러거나 말거나 저는 최후의 결전을 앞둔 검객처럼 의자에 반듯하게 앉아 마음을 가다듬었습니다. 그러니 1교시에서 4교시까지의 수업을 하는 선생님들의 목소리는 귓가에서 앵앵거리는 모기 소리로밖에 들리지 않았고, 덕분에 날아오는 분필과 헤딩을 하면서 잠깐씩 현실감을 회복했습니다. 그때마다 고개를 끄덕이며 중얼거렸죠. 글을 쓰는 일은 고독과 싸우는 것이구나!

선생님, 그날 저는 집에서 싸 가지고 온 도시락도 먹지 않았습니다. 아침밥을 먹은 게 후회돼 도로 올리고 싶은 마음이었지요. 또 누군가의 말이 귓전을 때렸기 때문입니다. **글을 쓰는 사람은 배가 고파야 좋은 글이 나온다.** 백번 맞는 말이라고 어금니에 힘을 주었죠. 배부른 돼지에게서 어찌 다른 사람의 심금을 울리는 좋은 글이 나오겠는가 여기며. 밥을 달라고 쪼르륵거리는 배 속을 애써 무시

한 채 저는 마침내 아주 가벼운 펜 하나만 들고 강당을 향해 천천히 걸어갔습니다.

"어째 점점 뻥이 심해지는 것 같아!"

아내가 싫지는 않다는 투로 비꼬네요.

"뻥에서 진실을 꺼내는 게 문학이잖아."

"그게 바로 사실을 미화하는 거야. 뻥, 소리와 함께 나오는 건 뻥튀기지."

"뻥튀기, 맛있잖아?"

"배는 안 부르지. 우리 엄마 왈, 뻥튀기 먹다가 굶어죽겠다! 그러셨어. 손과 입만 분주할 뿐이지."

"그렇다고 생쌀과 생 옥수수를 먹을 순 없잖아."

"튀밥을 튀기지 말고 그걸로 밥을 지어야지."

어이구! 선생님, 아내와 말씨름을 하느니 얼른 백일장이 열리는 강당으로 가는 게 낫겠어요. 말로는 도무지 아내를 따라잡을 수 없네요. **밥.** 밥, 참으로 중요하죠. 그런데 가끔은 밥 아닌 다른 그 무엇이 꼭 필요하지 않을까요. 가령 학생이 줄곧 공부만 하다 백일장 같은 데에 참석해 시나 산문 한 편을 써보는 것. 그게 또 다른, 숨어 있는 숨구멍 같은 것 아닐까요. 사람들은 모두 그 다양한 숨구멍이 있기에 살아가는 것 아닐까요? 모르겠네요. 하여튼 저는 백일장이 열리는 강당으로 가야겠습니다.

글제 : 정류장. 달력. 그리고······

선생님, 기억이란 무엇일까요? 살아가면서 우리들은 무엇을 기억하고 무엇을 잊어버릴까요? 기억하고 있는 것보다 잊어버린 게 당연히 더 많겠지요. 기억하고 싶지 않은 것. 억지로라도 잊어버리고 싶은 것. 잊히지 않으면 잊은 척이라도 하고 싶은 것. 그중의 하나가 바로 저의 첫 백일장인 것 같네요. 그리고 오래도록 배후에서 저를 고통스럽게 했던 바로 그것. 아니, 어쩌면…… 지금껏 저로 하여금 글을 쓰게 만들었던 것. 도망치려 해도 결코 도망칠 수 없게 제 마음의 길 위에, 눈이 오고 바람 불고 비가 와도 늘 자리 잡고 있는 그 작은 시골 정류장. 첫 백일장에서 제가 글제로 선택했던 정류장.

이제…… 그 정류장으로 가야 할 시간이 임박한 것 같습니다. 참으로 먼 길을 돌아왔네요. 선생님을 다시 만나지 않았다 하더라도 더 이상 피하려야 피할 수 없는 지점에 와 있다는 걸 느낍니다.

봄날의 백일장이었는데 정류장엔 차가운 눈발이 흩날리네요.

15

"선생님, 괜찮으세요?"
 병상에 누운 선생님은 말이 없었다. 눈도 감은 채였다. 잠든 선생님 옆에 앉아 나는 가지고 간 반성문을 만지작거렸다. 의사로부터 증세가 호전됐다는 말을 들은 날 밤 아무도 몰래 밖으로 나가 소주 몇 잔을 마셨다는 사모님의 한숨 섞인 푸념을 나는 전화 통화로 전해 들었다. 그래서인지 몰라도 창밖의 목련은 술 냄새를 병실로 솔솔 날려 보내는 것 같았다. 다행히 위험 수위는 넘겼다고 했다. 나는 슬며시 웃음을 흘렸다. 워낙 술을 좋아했던 선생님이니 이해를 하고도 남았다.
 그래도 너무하셨어요, 선생님.
 난 하루 일과가 끝나면 한잔 마시는 게 낙이야, 이 사람아!
 퇴원하신 다음에 드셔도 되잖아요.

술 안 마셔본 사람처럼 말하지 말게. 자네 소설의 주인공들은 노상 술 마시지 않나?
　그래도 선생님……
　내 병은 내가 아네. 그래, 이어지는 반성문은 가져왔나? 내가 요즘 그거 읽는 재미로 살아. 매일, 조금씩, 아주 천천히 읽는다네.
　예. 오래오래 연재할 테니 끝까지 읽으셔야 해요.
　그러고말고!
　나는 선생님의 머리맡에 놓여 있는, 지난번에 놓고 간 반성문을 펼쳤다. 그것은 내가 쓴 반성문이 아니었다. 곳곳에 붉은 줄과 파란 줄, 검은 줄이 쳐졌고 또 깨알 같은 선생님의 의견이 그 아래위에 촘촘히 매달려 있었다. 어느 페이지엔 작은 핏방울이 떨어져 있는가 하면 반찬 국물이 배어 있는 페이지에선 김치 냄새가 풍겨 나왔다. 그뿐인가. 얼마나 많이 펼쳐 봤는지 손때가 묻은 종이 끝이 나달나달하게 변해 있을 정도였다. 가지고 간 반성문을 선뜻 그 위에 내려놓기가 망설여질 정도였다. 집으로 돌아가 다시 고쳐 쓰고 싶은 충동이 나를 뒷걸음치게 만들 정도였다.
　"잠에서 깨어나면 좋아할 거예요. 며칠 전부터 소설가 선생님 글을 기다렸거든요."
　병실로 들어온 사모님이 그대로 돌아가려는 나를 잡았다.
　"전화를 걸까 말까 고민하는 모습이 마치 어린아이 같았어요."
　"대단한 글도 아닌데요……"
　"그렇지 않아요. 의사 선생님이나 간호사들이 오면 늘 자랑을 하곤 했어요. 제자인 소설가가 오직 자기 한 사람을 위해 소설을 연재하고 있다면서. 저번엔 간호사들을 모아놓고 낭송도 한 걸요."

"낭송을요?"

"예. 모두 재밌는 소설이라고 야단이었어요."

맙소사!

"이건 소설이 아니라 반성문인 걸요. 아주 뒤늦게 쓰는 반성문."

"아무려면 어때요. 하여튼 제가 대신 감사드려요. 소설가 선생님은 이이에게 희망을 심어주셨어요. 고맙습니다."

나는 어머니 같은 사모님의 허리 숙인 인사에 어쩔 줄을 몰라 했다. 생각했던 것보다 일이 엄청 커져버렸음을 알 수 있었다. 되가져가고 싶은 마음이 굴뚝같았지만 선생님의 머리맡에 놓인 반성문은 쇠로 된 종이처럼 무거워서 절대 들 수 없을 것 같았다. 내 마음도 덩달아 무거워진 듯해서 병실을 빠져나오는 걸음은 천근만근이었다.

"오, 선생님!"

병원 밖에서 나는 선생님의 병실을 지켜보는 목련을 향해 신음을 삼켰다.

16

"어떻게 하면 좋을까?"

"뭘 어떻게 해. 계속 쓰는 거지."

"내 반성문을 다른 사람에게 읽어주신다잖아."

"그게 뭐가 어때서?"

"소설가가 어린 시절 처음으로 쓴 글이 표절이었다는 게 만천하에 밝혀지는 거잖아!"

"만천하는 아니고 병원 안이지. 그리고 반성문이 아니라 소설이라고 했다면서."

"그게 그거지."

"당신, 솔직해져봐. 이 글의 용도를 선생님에게 제출하는 반성문으로만 쓸 것은 아니었잖아. 또 어떤 형식의 글이라 해도 소설가가 쓴 글은 소설일 뿐이야."

"그래도 이런 형식을 원한 건 아니야."

"간암으로 투병 중인 스승에게 희망을 주는 글이야. 다른 무엇이 필요해?"

"오, 선생님!"

"오, 반성문!"

17

　선생님, 또 술을 드신 건 아니겠지요. 저는 다시 그 옛날 백일장이 열렸던 강당으로 돌아가 있습니다. 원고지 상단에 '정류장'이란 제목만 써놓고 한참을 들여다보고 있습니다. 무엇을 쓸까 고민하며. 다른 아이들은 벌써 무엇인가를 쓰느라 허리를 잔뜩 구부린 채 바쁘게 볼펜을 놀리고 있네요. 마치 세 잠을 잔 누에 떼가 일제히 뽕잎을 먹는 소리처럼 들립니다. 실이 아닌 이야기를 뽑아내는 누에들. 그러고 보니 넓은 강당에 웅크리고 앉아 있는 우리들의 모습이 정말 누에처럼 느껴지네요. 때 묻지 않은.
　그런데…… 머릿속에선 왜 아무것도 떠오르지 않을까요. 웅변을 하다 원고 내용을 까먹은 것처럼 하얗게 변해버렸습니다. 누에고치 속이 이럴까요. 그동안 읽은 책의 내용, 들은 이야기들, 평소 느꼈던 감상은 모두 어디로 사라져버린 걸까요. 심지어는 간밤에 담아

놓았던 재료들도 도통 찾을 수 없네요. 교실에서 강당으로 걸어가는 동안 집단으로 가출해버린 모양입니다.

정류장에서 길을 잃었다. 버스를 놓쳤다. 다음 버스는 죽도록 오지 않았다. 왜 나 홀로 정류장에 서 있나? 이곳이 정류장이 맞을까. 이러다 학교에 지각을 하는 건 아닐까. 학생지도과 선생한테 또 뺨따귀를 맞겠지. 버스를 기다리지 말고 차라리 뛰어가는 게 낫겠다. 그러다 다음 정류장에 가기도 전에 버스가 오면? 버스는 내 손짓에 정류장이 아닌데도 설까? 지금까지의 경우를 봐선 당연히 서지 않겠지. 전에 그런 버스의 꽁무니를 향해 돌을 던졌는데 그만 명중이 된 적도 있었지. 당연히 버스기사한테 욕설과 함께 따귀를 맞았지. 뒤를 보며 걷다가 돌에 걸려 넘어진 적도 있었지. 다음 정류장에 도착했는데도 버스는 여전히 오지 않은 적도 많았지. 다시 다음 정류장을 향해 뛰었지. 결국 학교까지 뛰다가 걷다가를 반복했지. 교실에 들어서니 이미 2교시가 지나 있었지. 담임은 내 말을 믿지 않고 체벌을 가했지. 나는 복도에서 손을 들고 앉은 채 남몰래 훌쩍거렸지. 서러워서. 그런데 왜 나만 버스를 타지 못한 걸까. 딴생각에 몰두하다 버스가 지나가는 것도 몰랐을까. 내 앞에서 버스가 투명인간처럼 모습을 지워버린 건 아닐까. 내 시계는 정확한 걸까. 누군가 나 몰래 한 시간 늦거나 빠르게 조절해놓았는지도 몰라. 아니, 오늘은 학교에 가지 않는 일요일일지도 몰라. 방학인지도. 아니, 아니, 비상 계엄령이 내린 것일까. 그래도 버스는 와야 되고 정류장에 사람이 있으면 멈춰야 되는 게 아닌가. 나도 모르는 사이에 새 길이 다른 곳에 뚫린 것일까. 나만 그걸 모르는 걸까. 아무도 내게 그 사실을 말해주지 않았는지도 몰라. 그냥 집으로 돌아가 혼자 공부할까. 혼자 소리 내 「소나기」를 읽고 인수분해를 하고 마당을 한 바퀴, 두 바퀴, 세 바퀴 돌까. 혼자 시험을 보고 채점을 하고 내 손으로 내 손바닥을 때릴까. 그런데 정류장에 왜 이렇게 담배꽁초가 많을까. 깨어진 술병 조각이 많을까. 누가 이토록 어지럽게 침을 뱉어 놓았을까. 찢어진 포스터들로 가득할까. 표어를 써 붙인 전단들이 덕지덕지 붙어 있을까. 누구와 누가 ××를 했다고 괴발개발 써놓았을까. 사실일까? ×× 속에는 뭐가 들어 있을까. 누가 이소룡처럼 벽을 걸어다닌 것일까. 대체 버스는 왜 안 오는 거야! 대굴령을 넘다가 빵꾸라도 났나. 대굴령 바람을 맞고 산비탈로 구른 걸까. 정류장엔 왜 버스 시간표도 없는 걸까. 시골 정류장엔 마음의 버스 시간표만 있는 모양이다. 나는 그 시간표 속에서 얼마나 오래 길을 잃고 서 있는 걸까. 정류장 벽의 어지러운 낙서만 읽고 있는 걸까. 참, 누구와 누구는 저 낙서를 읽었을까. 읽었다면 왜 지우지 않았을까. 사실이기 때문에? 아니면 말도 되지 않아서 내버려 둔 걸까. 자기 얼굴이 찢어진 채 붙어 있다는 걸 저 국회의원 후보자는 알까. 모르겠지. 서울에 가 있을 테니까. 그나저나 정말 버스는 오지 않는 걸까. 이렇게 하염없이 버스를 기다리다 보면 학교에 갔던 학생들이 막차를 타고 돌아오는 걸 보게 되지 않을까. 아니, 아니, 아니야. 내가 정말 버스를 기다리고 있는 게 맞을까? 버스를 기다린다는 핑계를 대고 오래전에 집에서, 학교에서 도망친 건 아닐까. 버스를 기다리는 게 아니라 버스를 타고 올 누구를 기다리는 건 아닐까. 누구를?

"자, 삼십 분 남았으니 이제 슬슬 정리해라."

삼십 분? 선생님, 잠념 속에서 부리나케 빠져나와야 했습니다. 아직 제목밖에 써놓지 않았으니까요. 바로 그때, 언젠가 학생잡지에서 읽은 글이 선명하게 떠올랐지요.

눈보라 치는 시골 정류장에서 눈물을 흘리며 버스를 기다리는, 얼굴이 눈처럼 흰 소녀. 그리고 저만치에서 그 모습을 지켜보는 나. 마을의 외딴 집에서 혼자 살고 계시던 노인의 장례식이 자연스럽게 떠올랐습니다. 저는 그 이야기가 당연히 나의 이야기라고 믿어버리고 말았지요. 이윽고 소녀는 버스를 타고 떠나고 그 자리에 남아 있는 사진 한 장. 소녀의 어린 시절 모습이 들어 있는. 그 사진을 간직하는 나. 잡지에서 읽은 내용이 분명 지난겨울 내가 겪은 이야기라고 확신하며 고개를 끄덕였습니다.

펜을 잡은 오른손은 그동안 제목만 써놓은 채 비어 있던 원고지 위를 택시처럼 질주했습니다. 두어 번 정도 잠시 숨 돌리는 시간만 제외하고서. 심지어 글을 모두 쓴 뒤에는 학생잡지에서 읽은 글을 도둑질했다는 기억조차도 깡그리 잊어버렸다면 믿으시겠는지요. 다시 읽어보아도 흠 잡을 데 하나 없는 글을 선생님에게 제출하고 저는 유유히 강당을 빠져나왔던 것입니다. 뿌듯한 마음을 감추지 못해 헤실헤실 웃으며. 결과는 보나마나 뻔한 거라고 자부하며 교정의 시멘트 의자에 앉아 흘러가는 구름을 바라보았지요.

"흠……"

아내는 말없이 고개를 끄덕이네요. 긍정인지 부정인지 모를 끄덕임입니다.

"믿겨져?"

제가 먼저 조바심이 나서 물었지요.

"그 나이 땐 그럴 수 있을 거란 생각이 들어."

"정말이지 조금도 죄책감이 들지 않았어. 당연히 나만의 이야기라고 여겼거든. 시험 때 남의 답이나 교과서를 훔쳐본 거랑은 차원이 달랐어."

"왜 그럴까? 분명 남의 글을 훔쳐온 것인데."

"이야기의 어떤 마력인 것 같아. 어떤 소설을 읽으면 마치 내 이야기인 것처럼 느껴질 때가 있잖아. 더욱이 처음 참가한 백일장이란 상황도 그렇고, 아직 중학생이니 다른 사람의 글을 훔친다는 게 뭔지 잘 몰랐을 수도 있고."

"중요한 건 그 학생이 나중에 소설가가 되었다는 것이겠지."

아내의 말은 예리한 바늘로 변해 제 마음을 찌르고 있네요.

백일장이 끝난 뒤부터 저는 매일 두근거리는 마음으로 조회와 종례, 그리고 국어 시간을 기다렸습니다. 하지만 선생님은 백일장에 대해선 아무 말씀도 없으셨지요. 그렇다고 결과가 나왔냐고 먼저 물어보기도 뭣했지요. 제 마음은 기대감과 실망감 사이를 하루에도 몇 번씩 오르내리느라 분주했습니다. 아침저녁으로 마을의 버스 정류장을 물끄러미 바라보는 습관이 들었지요. 나보다 먼저 완행버스에서 내려 골짜기로 들어가는 그 여학생의 뒷모습을 훔쳐보는 습관까지. 분명 호주머니에 넣어두었는데 감쪽같이 사라진 소녀의 사진을 생각하는 시간도 많아졌지요. 정류장을 떠난 그 소녀가 어디로 갔는지 궁금해질 때면 신작로에 서서 직행버스가 미루나무를 돌아 사라지는 모습을 오래 바라보았습니다. 나도 그 버스를 타고 어디론가 떠나가고 싶은 충동을 가까스로 달래며. 그렇게 환상과 현실을 오락가락하던 일주일이 흘렀고, 그 다음 일주일은 백일장에 참가한 사실마저 서서히 잊어버리는 데에 할애하며 건너갔지요. 언제 날아갈지 모를 실오라기 같은 희망 하나만 겨우 남겨놓은 채.

선생님, 천당과 지옥은 아주 가까이에, 거의 붙어 있더군요.

월요일 오전 전체 조회 시간, 저는 천당을 보았지요. 교내 백일장에서 장원을 했으니까요. 웅변으로 꽤 여러 번 교단을 오르내렸는데도 불구하고 상장을 받고 돌아오다 운동장에서 길을 잃고 다른 반으로 달려가는 소동으로 웃음 세례를 한꺼번에 받았답니다.

그런데, 소설가가 되겠다는 새 희망을 찾은 기쁨으로 들떠 있던 금요일 오후 국어 시간이 시작되기 전, 선생님은 저를 도서실로 불렀지요. 그리고 침울한 표정으로 제가 백일장에서 쓴 글과 문제의 학생잡지를 나란히 펴서 내밀었지요. 우리 마을의 정류장과 거의 흡사한 삽화가 그려져 있는, 제가 훔친 글이 실려 있는 페이지를. 책을 받아 든 저는 화끈거리는 얼굴로 책을 들여다보았습니다. 머릿속에서 오만가지 생각들이 비명을 내뱉으며 떠올랐다가 가라앉기를 되풀이했습니다. 지옥의 불가마가 그러하겠지요.

"한번 읽어봐라."

선생님은 그 말과 함께 수업에 들어가셨습니다. 과학실과 함께 쓰는, 그늘이 깊은 도서실에서 저는 벌렁거리는 가슴을 진정시키지 못한 채 학생잡지의 글을 겨우겨우 읽었습니다. 제가 쓴 글도 아주 더디게 읽었지요. 서가에 꽂힌 낡은 책들이 뿜어내는 냄새에 기침을 쏟아놓았죠. 반으로 잘린 인체 모형의 섬뜩함에 깜짝깜짝 놀랐습니다. 밀봉된 유리병 속에 들어 있는 뱀의 작은 눈이 두려워 얼굴을 돌렸지요. 대낮인데도 서서히 온몸을 감싸오는 서늘함에 덜덜 떨었습니다.

두 편의 글을 두 번, 세 번 읽어도 선생님의 국어 시간은 끝나지 않았습니다. 두 글은 어떤 생각을 하느냐에 따라 같기도 하고 다르기도 하더군요. 치졸한 변명인가요? 하지만 선생님은 제게 너무 많은 시간을 주었습니다. 서로 다른 글이다,라는 입장으로 점점 기울고 있는 마음은 선생님에게 직접 우리 마을의 정류장을 보여드리라고 저를 꼬드기고 있었지요. 그럼 장례식은? 소녀는? 사진은? 그것이야말로 창작이 아니냐고, 창작이 무엇이냐고 항변하라는 목소리에 힘을 얻었다가도 이내 정체를 알 수 없는 두려움에 사로잡혀 주위를 두리번거렸습니다. 과학실과 도서실이 합쳐져서 뿜어내는 공기는 억울하다고 하소연하고 싶은 제 의지를 점점 허물어뜨리고 있었지요. 차라리 당장 교실을 빠져나가 백기를 들고 선생님을 뵙고 싶은 마음도 들었습니다. 그런데……

그런데…… 알 수 없는 이 오기는 또 어디서 온 것일까요?

"읽어봤나?"

미닫이문 밑에 달린 도르래 소리와 함께 선생님은 나타나셨지요(도르래 소리는 아직도 싫어한답니다).

"예."

"어땠어?"

"……"

"왜 대답이 없냐?"

"……"

"너는 나중에 소설을 쓰면 잘 쓸 것 같다."

이건 대체 무슨 얘깁니까. 남의 글을 훔쳐 글을 쓴 학생에게 나중에 소설을 쓰면 잘 쓸 것 같다니.

"나중에 소설 쓸 생각이 없습니다!"

"……그래?"

"예."

"그건 네가 알아서 할 일이고, 이번 일은 아무래도 그냥 넘어갈 수 없으니 반성문을 써야겠다. 쓰겠냐?"

"……"

"쓰는 걸로 알겠다. 반성문 분량은 원고지 오백 장이다. 시간은 한 달이고."

"……"

아마도 나중에 소설을 잘 쓸 것 같다는 말에 홀려 오백 장이나 되는 반성문 분량을 헤아릴 여유가 없었을 것입니다. 사실 그 말은 굉장히 매혹적이었으니까요. 보름달을 품은 것처럼 벅찼으니까요.

선생님, 그런데 말입니다. 그때 그 말, 혹시 다른 의도를 지닌 건 아니지요? 단지 엄청난 분량의 반성문을 쓰게 하려고 꺼냈던 말 아닌가요? 정말 제가 '나중에 소설을 쓰면 잘 쓸 것 같다'고 판단하셨나요? 마당 귀퉁이의 흰 목련을 바라보는 밤, 왜 저는 자꾸만 그 생각이 나는 걸까요.

그 정류장에서 이렇게 멀리 떠나온 밤에……

18

"몰래 소주 마셨다는 얘긴 빼는 게 어떤가?"
"왜요? 맘에 안 드세요?"
"그래도 내가 명색이 교육자 아닌가."
"한번 발표한 글은 맘에 들지 않더라도 고치지 않는 게 제 글쓰기 규칙인데요."
"매정하군!"
"원고지 오백 매의 반성문보다는 양호하다고 생각합니다."
선생님과 나는 병원 잔디밭 가에 서 있는 목련나무 아래에서 킬킬거렸다. 햇살을 품은 목련은 웨딩드레스를 입은 신부처럼 환했다. 우리 두 사람은 그 희고 풍성한 치마 안에서 장난을 치는, 덩치 큰 어린아이들 같았다. 술 한잔 함께하면 좋겠다는 생각을 나는 지그시 눌렀다. 선생님의 팔뚝으로 방울방울 들어가는 링거액을 바라보며.

"그렇다면…… 자넨 반성문 제출할 날짜를 삼십 년이나 어겼으니, 가중처벌로 대하 장편 반성문을 쓰라고 할 수도 있네."

"대하 장편 반성문을요? 너무하세요!"

"뺄 텐가?"

"소설가의 자존심상 그럴 수는 없습니다. 지금의 경우는 독자나 등장인물이 작가에게 자기 역할이 맘에 들지 않는다며 파업하겠다고 으름장을 놓는 거나 마찬가집니다."

"요즘은 충분히 그렇게 요구할 수 있는 세상이네! 작가가 전권을 행사하던 세상은 지난 지 오래네. 그리고 좁혀 말하자면, 나는 반성문의 내용이 반성의 범위를 교묘하게 넘어서고 있다는 점을 말하는 거네."

"선생님, 지난 시대나 요즘 시대나 모든 학생들이 가장 싫어하는 일 중 하나가 뭔지 아세요? 반성문을 다시 써오라는 거예요."

"역시 매정하군!"

"겨우 소주 몇 잔이라고 썼는데요, 뭐. 그리고 글과 현실을 혼동하는 사람은 요즘 없어요."

"내 마누라는 혼동한다네. 요즘 감시가 너무 철저해졌어."

"그거야 좋은 현상이죠."

"같이 술 좋아하는 사람이 그렇게 말하는 거 아니지."

목련치마 속에서 나가고 싶지 않았다. 선생님과 나는 키득키득 웃었다. 낮술에 기분 좋게 취한 사람들처럼. 화사한 목련드레스 사이사이로 보이는 종합병원의 유리창들은 여전히, 펼쳐놓은 소설책처럼 보였다. 아니, 여럿이 모두 각각 살아온 인생의 지극한 반성문처럼 느껴졌다. 문득…… 나는 선생님에게 물어보고 싶었다. 어릴 적 꿈이 무엇이었냐고. 그러나 역시, 묻지 않았다. 링거 병에서 선생님의 팔뚝으로 들어가는 링거액은 거의 바닥을 드러내고 있었다. 목련치마 속에서 나가야 할 시간이었다. 나는 바싹 마른 입술을 혀로 축였다.

"나는 내일 퇴원한다네."

"퇴원을요?"

"병원 밥에 질렸어!"

"……아! 예."

"반성문 연재는 멈추면 안 되네."

"……예."

"근데 자네는 그 나이에 반성문 쓰는 게 재미있나? 혹 지겨운 건 아닌가?"

"굉장히 재미있어요!"

"삼십 년 전엔 싫었지?"

"굉장히 싫었죠."

"……그 당시 어떤 사람은 독방에 갇혀 치욕스런 반성문을 매일 써야만 했지."

"……그게 누구죠?"

"……"

병원에서 나오는 나의 축 처진 어깨를 목련이 애써 웃으며 배웅해주었다. 나도 목련을 향해 머리를 살짝 숙였다. 차가 있는 주차장으로 가는 걸음이 점점 빨라졌다. 막판엔 거의 뛰다시피 했다. 시간은 촉박한데 아직 써야 할 반성문이 몇천 매나 남아 있는 것 같았기 때문이었다.

나는 헤어질 때 선생님이 꺼내놓은 말을 계속해 되씹으며 꼬불꼬불한 대관령 옛길을 올랐다.

19

　선생님, 글쓰기에 대한 저의 꿈은 그렇게 짧게 찾아왔다가 사라져버렸습니다. 봄날의 꿈처럼. 그럼에도 불구하고 후유증은 컸던 것 같습니다. 형이 두고 간 두꺼운 노트에 반성문의 첫머리를 쓰고 지우는 동안 악몽은 쉴 틈을 주지 않고 매일같이 찾아왔지요. 쫓기고, 도망치고, 떨어지고…… 무수한 이들의 조롱에 시달리며 꿈과 꿈을 건너가고 있었지요. 반성문은 도무지 진도가 나가지 않았고.
　그러던 어느 날이었습니다. 새로 산 자전거를 타고 하교를 하던 중이었지요.
　"저기……"
　장딴지의 근육이 팽팽해지도록 페달을 밟고 있는 저를 부른 건 그 여학생이었습니다. 완행버스에서 내려 골짜기로 들어가던 뒷모습을 보여주었던 그 여학생 말입니다. 저는 한쪽 발은 땅을 짚고 다른 쪽 발은 페달에 올려놓은 채 그 여학생을 바라보았지요. 두 사람이 서 있는 거리는 터무니없이 멀었지만(한 십여 미터 정도) 더 이상 좁힐 수 없었습니다. 가슴만 방망이질을 했죠.

"……?"

그 여학생은 왜 버스를 타지 않고 걸어서 집으로 가고 있었을까요? 아마 토요일이었던 것 같습니다. 하여튼 저는 신작로 오른쪽에서 왼쪽에 서 있는, 까만 교복을 입고 책가방을 손에 든 그 여학생의 다음 말을 기다렸습니다. 침을 꼴깍 삼키며.

"……이제 글은 안 써?"

그 여학생과 나누는 첫 대화인데 무슨 대답을 해야 할지, 저는 막막했지요. 요동치는 가슴 때문에 무슨 말을 해도 제대로 나오지 않았을 겁니다.

"……"

"웅변도 좋았지만 나는 니가 쓴 글이 더 좋더라."

그러니까 전부터 저를 알고 있었다는 얘기인 거죠. 저만 바라본 게 아니라 그 여학생도 저를 바라보고 있었단 거죠. 하지만…… 제 글은 나락으로 떨어진 지 오래고 반성문만 썼다 지웠다 하는 처지니 대체 무슨 말을 해야 했을까요. 남의 글을 훔쳐온 일과 반성문 제출을 선생님만 아는 것으로 끝냈지만 저는 여전히 입을 열 수 없었습니다. 불편한 자세 때문에 넘어지려는 자전거 핸들만 꽉 붙잡고 있었을 뿐.

"새로 쓴 글 나 좀 보여주면 안 돼?"

"······이제 글, 안 써."

"왜?"

여학생의 눈은 토끼처럼 동그랗게 변했지요.

"쓰기, 싫어졌어."

그때 제가 무슨 생각을 한 줄 아십니까? 선생님만 없었으면 아무에게도 들통 나지 않을 일인데······ 그랬더라면 제게 처음 말을 걸어온 그 여학생에게 당연히 새로 쓴 글을 보여줬을 텐데······ 그런 원망을 했지요.

"······갈게."

"잘 가······"

제가 할 수 있는 말은 이것뿐이었습니다. 그 여학생의 가방을 짐받이에 실어주지도 못한 채 뻑뻑한 페달을 밟았지요. 마음속으로 흘러내리는 밤알 같은 눈물을 연신 닦으며, 닦으며 생각했지요. 선생님이 다른 학교로 갑자기 전근 가는 일이 생겼으면 하고. 아니, 간절하게 빌었지요. 물론 중학교를 졸업하는 날까지 그런 일은 벌어지지 않았지만요.

선생님, 그날 저는 하굣길에서 글과 여자를 동시에 잃어버린 것입니다.

아, 선생님 탓이라고 말하려는 건 분명 아니니 오해하지 마십시오(당시엔 그런 마음이 없지 않았겠지만······). 그날 집으로 돌아온 저는 백일장에서 썼던 글의 초고를 아궁이에 넣고 불태워버렸습니다. 문제의 학생잡지를 찾아 제가 훔쳐온 글이 실린 페이지를 칼로 예리하게 잘라 역시 아궁이에 넣고 불을 붙였습니다. 하지만 마음은 여전히 답답하기만 했지요. 그 여학생의 얼굴이 아른거릴 때마다 한숨만 푹푹 나왔답니다.

가만? 혹시라도 그 애가 도서실에 들려 학생잡지를 읽게 된다면? 당장 자전거를 타고 밤길을 달려 이십 리 밖의 학교로 달려가고 싶었지만 소용이 없어 보였지요. 가보나 마나 문은 잠겨 있을 테니까요. 답답한 마음은 결국 애꿎은 개한테 풀어버릴 수밖에 없었습니다. 그러나 방으로 돌아가다 다시 화들짝 놀라고 말았지요. 아, 우리 학교 학생들 중에서 문제의 그 학생잡지를 가지고 있는 사람이 대체 몇 명이나 되고, 누가 가지고 있을까?

잠이 올 리가 없었지요. 이불 속에서 뒤척이고 뒤척였지만 걱정과 불안만 새록새록 돋아났습니다. 시퍼런 밤하늘의 잔별들처럼. 그 아래로 정류장 삽화가 그려진 잡지의 페이지가 구름처럼 흘러가고 있었지요. 저에게 그 잡지를 사서 부쳐준 춘천의 형마저도 미워졌답니다. 사서 보내달라고 편지로 애원을 한 건 까맣게 잊어버리고서. 화가 치밀어서 벌떡 일어나기도 여러 번 반복했지요. 이 무슨 운명의 장난이란 말입니까. 처음 백일장에 참석해 처음 써본 글 한 편 때문에 감당하기 힘든 고초를 겪어야 한다니 말입니다. 어른들이 하던 말 중에서 '피눈물이 난다'는 표현이 그대로 공감이 가는 밤이었지요.

"저기……"

눈이 동그란 그 여학생은 교복을 입은 채 여전히 신작로에 서 있네요. 자전거 위에 비스듬히 앉은 저는 그 애의 웃음이 무엇을 의미하는지 몰라 끙끙거리네요.

"바보같이, 왜 말하지 않았어?"

저토록 동그란 눈은 이전에 한 번도 본 적이 없네요, 저는.

"……뭘?"

"니가 쓴 글 때문에 국어 선생님에게 야단맞은 얘기. 반성문도 오백 장이나 쓰라 그랬다면서? 말도 안 돼!"

송아지 눈처럼 커진 그 애 눈 속의 까만 눈동자가 떼굴떼굴 굴러가네요. 하지만 제 마음은 이미 무너져버린 지 오래랍니다. 세상에 비밀은 없다는 게 맞는 말인가 보네요.

"……"

"근데 니는 왜 그 말을 듣고 바보같이 가만히 있는 거야?"

저는 그 애의 화난 마음을 이해할 길이 없습니다.

"……무슨 소릴 하는 거야?"

확대경으로 들여다보아도 제 목소리는 개미만큼 작네요. 그 애는 답답한지 손바닥으로 가슴을 칩니다.

"얘! 세상에 진짜 새로운 것이 어디 있어? 모방은 창조의 원동력이야. 내가 두 글을 꼼꼼히 읽어봤는데 선생님 주장은 억지야. 구시대적인 고리타분한 사고에 빠져 있는 거라고. 요즘이 어떤 세상인데! 네 글은 너무나 정직한 글이야. 진짜 도둑놈들은 훔쳐간 티도 안 내고 자기 것인 양 한다니까. 어떤 사람들은 아예 통째로 가져가서 자기 것이라고 말한대. 근데 넌 아무 말도 못했다면서?"

"……내 얘기, 누구한테 들었는데?"

"누군 누구야! 국어 선생님이지."

저는 배신감에 치를 떨었습니다. 선생님. 수업 시간마다 학생들에게 제 글 얘기를 하셨단 말입니까? 창피해서 더 이상 학교에 갈 수 없을 것 같네요. 그나마…… 그나마 제 편을 들어주는 그 애가 고마워서 눈물이 날 정도였습니다. 무뚝뚝했던 제게 다시 말을 걸어준 것만으로도 고마웠답니다. 매일 등하굣길에 그 애를 자전거 뒤에 태워주고 싶은 마음까지 들었지요. 놀리기 좋아하는 친구들의 조롱도 다 감수한 채.

"내일 학교 가면 선생님에게 따져. 네가 잡지에서 본 그 글도 사실 무수히 많은 다른 글에서 건너오고 건너온 거야."

저는 두 주먹을 불끈 쥐고 그 애에게 말했지요.

"알았어!"

그제야 그 애의 얼굴이 환해졌답니다. 그리고 제게 말했지요.

"이제부턴 다시 글도 쓰고 나랑 친구할 거지?"

선생님, 그날 밤 꿈에서 저는 글과 여자를 다시 되찾았던 것입니다.

20

"교묘해!"

아내는 여학생을 등장시킨 내 의도를 간파했다는 듯 미소를 짓네요.

"뭐가?"

"왜 부담스러운 말은 당신이 안 하고 여학생에게 떠넘기는 거야?"

"꿈이잖아."

"비겁해."

"맞아. 하지만 그때 나는 고작 중학교 이학년이었어. 내가 내 꿈의 내용을 일부러 조절할 수야 없었겠지만 속마음은 누군가를 내세워 억울함을 조금이라도 토로하고 싶었던 것 같아."

"이해하지만, 아쉬운 건 아무리 꿈이더라도 당신이 직접 말했으면 좋았을 텐데. 그게 반성이든 변명이든."

"직접 한 것도 있어."

그래요, 선생님. 저는 책을 읽는다는 핑계를 대고 호주머니에 작은 칼을 감춘 채 도서실로 들어가 학생잡지의 그 글을 잘라버렸습니다. 다른 사람이 페이지 번호만 확인하지 않는다면 눈치 채지 못할 정도로 정교하게.

친구들에게 혹시 그 학생잡지가 집에 있냐고도 넌지시 물어보았지요. 있으면 하굣길에 그 친구 집에까지 가서 빌려 가지고 와 똑같은 짓을 반복했지요. 다행히 시골이라 그 잡지를 가지고 있는 사람이 많지는 않았습니다. 하지만 전교생 모두에게 물어본 것은 아니었기에 늘 불안한 마음을 등에 짊어진 채 그 학기를 건너갔던 것 같습니다. 반성문도 반성문이지만 증거를 없애버려야만 악몽에서 벗어날 수 있을 거라고 생각했던 탓이지요.

그래서 어느 날 선생님을 찾아갔던 겁니다. 원본이 남아 있는 한 저는 두 다리를 펴고 잠들 수조차 없었기 때문이지요.

"저…… 제가 쓴 글을 돌려주시면 안 되나요?"

"왜?"

"……그냥. 창피해서."

"반성문을 다 쓰면 돌려주겠다. 반성문은 잘 돼?"

"……예. 저기…… 먼저 돌려주시면 안 되나요?"

글을 돌려받지 못하자 저는 어떻게 하면 깊은 밤 교무실로 몰래 들어갈 수 있을까 심각하게 연구까지 했습니다. 그 당시 유행하던 만능열쇠를 가지고 있던 친구에게 접근까지 했으니까요. 아니면 난 순 도둑인 것처럼 유리창을 깨고 들어갈까? 값나가는 물건들과 함께 내 글을 가지고 나오면 선생님이 눈치 채지 못할 게 틀림없다. 그도 아니면 시험문제? 그런데 교무실 어디에 내 글이 있을까. 선생님의 책상 서랍? 벽에 줄지어 서 있는 캐비닛? 아니야, 도난을 우려해 집에 가져다놓지 않았을까? 그런데…… 만약…… 만약 잡힌다면?

"지나치게 예민했던 것 같아. 혼자서만."

안됐다는 듯 아내가 제 어깨를 주물러주네요. 물론 제가 유리창을 깨고 교무실로 들어가지 못할 거라는 건 잘 알고 있을 테지요.

"지금 생각해보니 정말 그랬던 것 같아. 하지만 당시엔 자존심에 금이라도 간 것처럼 느껴졌으니까. 그 사실이 밖으로 알려질까 봐 굉장히 불안했고."

"음…… 불안."

"꿈을 꾸면 또 다른 누군가가 그 학생잡지를 학교에 가져와 읽고 있는 거야. 가끔 묘한 웃음을 흘리면서. 나는 그게 신경 쓰여 아무것도 하지 못하고. 저 녀석과 친하지도 않은데 어떻게 저 잡지를 빌려야 하나 걱정하며. 악몽은 거기서 끝나지 않았어. 한밤중에 정말로 교무실에 몰래 들어간 거야. 손전등 불빛에 의지해 선생님의 책상 서랍을 뒤지고 있는데…… 맙소사! 분명 들어갈 때는 아무도 없었는데 갑자기 등 뒤가 이상해 돌아보니 선생님이 내 글을 들고 서 있는 거야. 이걸 찾는 거냐? 물으면서."

"불안에 시달리지 말고 그때 차라리 쓰는 데까지 반성문을 쓰지 그랬어?"

아내는 저의 지병 같은 '불안'을 잘 알고 있는 사람입니다. 아내의 눈이 촉촉하게 젖어 있네요. 애써 웃어줍니다.

선생님, 이후 저는 선생님과 눈을 마주치지 않으려고 무던히 애를 썼습니다. 수업과 조회, 종례 시간엔 고개를 숙인 채 목소리만 들었지요. 학교 안에서 단둘이 마주칠 확률을 줄이려고 고심했지요. 반성문은 늘 썼다 지우기를 되풀이했습니다. 왜 그렇게 진도가 나가지 않았을까요. 어떤 내용이든 갖다 붙인다면 500매는 아니더라도 반 정도는 쓸 수 있었을 텐데 말입니다. 저의 마음속에서 무엇이 그것을 가로막았을까요. 다른 사람의 글을 도둑질했다는 사실을 도무지 인정하기 싫었던 것일까요. 그 사실이 자존심에 치명적인 상처를 남겼기 때문일까요. 아니면 500매라는 양에 눌려버렸던 탓일까요.

이상한 것은 약속한 기일이 지났는데도 선생님께서 제게 한 번도 반성문에 대해 말을 꺼내지 않으셨다는 것이지요. 차라리 훈계를 하고 매를 들었다면 오기로라도 반성문을 썼을지 모릅니다. 저를 바라보는 어떤 눈길은 느끼겠는데 선생님은 그 부분에 대해서만큼은 침묵을 지키셨지요. 그 침묵에서 건너오는 도저한 압박 속에서 저의 중학교 이학년 시절은 시름시름 시들어가고 있었습니다. 혹 잊어버리고 계셨던 것은 아니지요? 만약 그런 거였다면 엄청 억울할 것 같네요.

"다른 백일장에 참석하거나 글짓기 공모에 응모하진 않았어?"

뭔가를 떠보려는 듯한 아내의 표정을 어렵지 않게 읽어버립니다.

"그게 처음이자 마지막 백일장이었어. 그 사건과 함께 절필을 한 거지."

"절필은 무슨 거창한 절필! 자신이 없었던 거겠지."

"맞아."

감당할 수도 없는 무거운 짐을 지고 가느니 이럴 땐 바로 시인을 하는 게 차라리 속 편합니다. 아내의 말대로 중학교 2학년 학생이 절필은 무슨 절필이겠어요.

"근데, 여보? 다시 백일장에 나가 당당하게 명예회복을 하고 싶진 않았어?"

"……반성문을 쓰지 않고 있다는 부담감도 컸지만 그보다 더 나를 고통스럽게 했던 건 자신이 없었다는 거야. 더 아득한 벼랑 아래로 떨어질지도 모른다는 두려움."

아내는 비로소 말없이 고개를 끄덕입니다.

저는 마당 귀퉁이에서 외등 불빛을 쓰고 있는 목련꽃을 바라보았습니다. 집으로 돌아간 선생님은 그 시간 무엇을 하고 계셨는지요.

밤의 목련꽃은 갓 도착한 편지처럼 따스해 보이네요.

"집에 가셨으니 마음이 편안하실 거야."

아내는 나와 같은 생각을 한 모양입니다.

"병원은 멀쩡한 사람도 마음을 푹 가라앉게 만들잖아. 선생님 댁에 같이 한번 가자. 당신도 반성문에 출연하고 있으니 그래야 되지 않겠어?"

"왠지 꾸중을 들을 것 같아."

"왜?"

"여자의 직감이야."

그래요, 선생님. 무슨 내용인지 짐작할 수는 없지만 아내를 꾸중해주세요. 그리고 반성문을 한 천 매쯤 쓰라고 하세요.

"꺅! 내가 천 매를 쓰려면 평생 걸릴 거야!"

21

존경하는 김 작가, 글 잘 읽고 있다네. 내 집 마당에도 목련이 피어 있지. 목련이 피어 있는 동안만큼은 자네와 나의 만남이 계속되겠지. 그래서 저 목련이 더 애틋하게 여겨진다네. 저 목련은 자네의 글이 내게 준 소중한 선물이라고 생각한다네. 고맙네. 그리고 부탁이 있다네. 나의 병으로 인해 자네의 글이 어떤 제한을 받는 건 바라는 바가 아니네. 이 병은 나를 찾아와 나와 함께 가는 동행자라고 여겨주면 좋겠네. 나는 이 동행자와 함께 자네의 글을 읽으며 마지막까지 즐겁게 여행할 작정이라네. 자네는 소설가이니 내 맘 알겠지? 소중한 시간을 내게 할애해준 거 거듭 감사하네. 요즘 욕심 같아선 그때 내가 반성문 분량을 더 많이 잡지 않은 걸 후회한다네. 아참, 나는 자네 부인에게 반성문을 요구할 자격이 없으니 안심하라고 전하게. 대신 두 사람이 걷기엔 인생이 조금 적적할 듯싶으니 늦기 전에 귀여운 아기를 가지라고 권하고 싶네. 이거…… 반성문보다 더 어려운 건가. 하여튼 고맙네.

봄밤, 잘 건너가시게.

  봄밤, 선생님이 휴대폰으로 보낸 장문의 컬러메일이었다. 아내와 나는 한참 웃고 눈물을 훌쩍거렸다. 다시 책상 앞으로 돌아온 나는 창밖에 목련이 불을 밝히고 있는 세상의 집들을 생각하며 손등으로 눈을 문질렀다.

22

　반성문을, 아니 정확히는 선생님을 피해 다니다 보니 학교 안이 비좁은 닭장처럼 느껴지더군요. 잠시라도 숨어 있을 곳을 찾을 수 없었습니다. 더군다나 중고등학교가 한 울타리 안에 있었으니 대열을 이탈한 중학교 꼬맹이가 어딜 갈 수 있었겠어요. 요즘과 달리 그 당시엔 일단 등교를 하면 교문 밖으로 절대 나갈 수 없었잖아요. 그렇다고 껄렁패들을 흉내 내 교사 뒤편의 으슥한 담을 넘을 용기까진 내지 못했습니다. 그저 이곳저곳을 기웃거리다 종소리가 울리면 교실로 뛰어가곤 했지요. 써지지 않는 반성문 때문에 쇠똥 같은 한숨을 교정 곳곳에 푹푹 떨어뜨리며.
　그리고…… 기억을 더듬어 꺼칠꺼칠한 연습장에다 주변 아이들의 죄와 벌을 차근차근 기록했습니다.

2학년 1반 최규학─농업 시간에 몰래 도시락 먹다 홍알이에게 걸려 빳다 10대.

2학년 1반 김준래─자전거 거울로 영어 선생님의 치마 밑을 훔쳐보다 걸려 자로 손바닥 20대. 반항하다 결국 체육 선생님(영어 선생님을 좋아한다는 소문이 있음)에게 끌려가 죽도록 맞고 돌아옴. 그래도 뭐가 좋은지 종일 실실 웃으며 앉아 있음.

2학년 1반 정연문─수학 문제를 못 풀어 칠판에 손을 대고 빳다 맞다가 엉덩이에서 연기가 치솟음. 뒷주머니에 넣어둔 화약이 터진 것임. 교복 바지 엉덩이에 구멍이 뚫림.

2학년 1반 엄정기─미술 시간에 스케치북을 준비하지 않아 수업 내내 교실 뒤편에서 손들고 서 있었음. 그 상태에서 장난치다 결국 선생님에게 귀싸대기를 맞고 복도로 쫓겨남.

2학년 1반 이봉걸─면소재지에서 태권도를 배웠다는 자부심으로 덩치 작은 산골아이들만 골라 시비를 걸고 싸움을 했음. 그 결과 책걸상을 교무실로 옮긴 뒤 종일 자습했음. 지나가는 선생님들에게 시도 때도 없이 꿀밤을 맞으며.

2학년 1반 윤봉주─수업 시간이 시작됐는지도 모르고 파파(입바람으로 책상 위의 동전을 넘기는 돈내기 게임)를 하다 하필 성질 고약한 과학 선생님에게 걸려 종아리가 퍼렇게 변하도록 맞음.

2학년 1반 김원재─서울로 1박 2일 가출했다가 담임선생님에게 잡혀 일주일간 정학을 맞음. 마장동 중국집 주방에서 손이 부르트도록 설거지를 했음. 정학에서 풀리자 거의 일주일 내내 서울 이야기를 늘어놓느라 바빴음.

2학년 1반 강명진—수학 시험 때 커닝하다 걸려 빵점처리 되었음. 본인 얘기론 태어나 처음으로 커닝을 했다고 하나 믿을 수 없음.

2학년 1반 전우하—사흘간 무단결석. 무엇을 하며 지냈냐고 묻자 아버지가 농사일을 시켜 어쩔 수 없이 결석했다고 대답. 사흘간 교무실에서 자습. 공부보다 일하는 게 편하다고 주장.

선생님, 아무리 주변의 죄와 벌을 떠올리고 헤아려봐도 반성문 500매보다 가혹한 벌은 찾을 수가 없었습니다. 차라리 저도 매를 맞거나 정학을 당하는 게 속 편할 거라는 생각이 들었던 것은 왜일까요. 하루에 열 장씩 빼먹지 않고 꼬박꼬박 써도 50일이나 걸리는 반성문. 50일 동안 남의 글을 훔친 사실을 떠올려야 된다는 것. 그 사실을 자랑스러워해선 안 되고 반성해야 한다는 것. 500매를 채우려면 그동안 살아온 인생 전체를 반성해야 할지도 모른다는 두려움 내지 오기 때문에 저는 한숨 박사가 되었지요. 반성문에 대해 아무것도 모르는 친구들이 붙여준 별명에 한숨 외에는 달리 대답할 방법이 없었던 겁니다.

한숨을 쉬며 수학 문제를 풀고 다른 학생들이 웅변대회에서 상을 받을 때 한숨을 쉬며 박수를 쳤지요. 선생님의 모습을 멀리서 발견하고 돌아서면서 한숨을 쉬었지요. 운동장에서 굴러가는 공을 쫓아 달려가다가 돌연 멈춰서 휴우 숨을 토했답니다. 이십 리 길을 자전거를 타고 달려와 교문 앞에서 한숨을 쉬고 들어섰지요. 수업이 모두 끝나고 먼지 날리는 교실을 빗자루로 쓸다가, 수건을 들고 이층 창틀에 매달려 입김을 호호 불다가 바람이 빠지는 자루처럼 주저앉곤 했답니다.

 집으로 돌아가는 길, 코스모스를 지우며 서울로 가는 강원여객 직행버스를 물끄러미 바라보다가 중얼거렸죠. 이건 너무 가혹한 벌이야. 친구를 괴롭힌 것도 아니잖아. 가출을 한 것도 아니고. 시험문제를 훔쳐보지도 않았어. 그냥 특별활동 비슷한 시간에 우리 학교 학생도 아닌 다른 학교 학생의 글을 조금 가져온 것뿐이란 말이야. 안 그래? 그 학생도 분명 다른 사람의 글을 조금 가져온 걸 거야. 그리고 내가 글만 쓰는 소설가도 아니잖아. 장발장처럼 나이를 많이 먹지도 않았어. 이제 겨우 중학교 2학년이란 말이야. 선생님은 왜 이런 생각을 안 하는 걸까? 1학년 때까지 내가 웅변을 한 게 못마땅했던 걸까. 소문을 들으니 같은 국어 선생님인데도 웅변 담당 선생님이랑 사이가 좋지 않다고 하던데(후일담이지만, 웅변 담당 선생님은 늘 저를 방과 후 여학생들 반 교실에 데려다놓고 웅변 연습을 시켰지요. 저는 어쩔 수 없이 청소하는 여학생들 앞에서 목소리를 높였답니다). 혹시 내가 고래싸움에 낀 불쌍한 새우는 아닐까. 아, 이럴 줄 알았으면 계속 웅변이나 하러 다니며 다방에서 누나들이 가져다주는 커피나 홀짝이는 건데…… 후회막급이다, 후회막급!

 "들어와!"

 한숨과 한숨을 징검돌 삼아 건너가고 있을 때였지요. 교정 뒤편의 미술실이란 명패가 걸려 있는 건물을 기웃거리는데 조금 열린문 안에서 누군가 나를 부르는 소리가 들렸습니다. 여학생의 목소리였죠. 저는 환한 바깥과 달리 어두컴컴한 미술실 안으로 무엇에 홀린 듯 머리를 디밀었습니다.

"나 누군지 모르겠어?"

화판에 고정시킨 사절지의 스케치북 앞에서 그 여학생은 붓을 들고 앉아 있었습니다. 제가 어찌 그 애를 모를 수 있겠어요. 우리는 신작로에서 만나 짧은 대화를 나눴고 또 꿈속에서도 의기투합한 사이인데.

"……알아. 미술부야?"

"응. 나 혼자 있으니 둘러봐도 돼."

처음 구경하는 미술실은 신비로웠습니다. 이젤들 사이를 서성거리며 저는 채 마르지 않은 물감 냄새에 코를 홍홍거렸지요. 스케치북에 그려놓은 그림들을 훑어보았습니다. 그 애의 눈길이 뒤통수에 매달려 있는 것을 느끼며. 팔레트에서 굳어가는 각종 물감들, 도토리 키 재기를 하듯 널려 있는 붓들, 탁자 위 석고상들의 표정…… 그곳은 마치 학교 안에 숨어 있는 비밀결사대의 아지트 같았습니다. 더군다나 그 애가 거기에 있다니요.

"그림에 관심이 많은가 봐?"

어느새 내 곁에 선 그 애가 물었습니다. 저는 어찌할 줄 몰라 바로 앞의 석고상만 보았지요.

"그건 아그리파야. 로마의 유명한 장군이었대."

"……응. 넌 뭘 그리고 있었어?"

"볼래?"

선생님, 그 애가 그리고 있었던 것은 정류장이었습니다. 겨울, 눈발이 날리는 시골 정류장. 정류장 안에는 추위에 떠는 한 소녀가 홀로 앉아 있었지요. 그리고…… 그림 귀퉁이에서 장독만 한 눈덩이를 굴리고 있는 소년. 참 끈질기게 저를 따라다니는 정류장입니다.

"맘에 들어?"

저는 고개만 끄덕였습니다.

"네 글을 읽고 그린 거야. 완성되면 네게 줄게."

저는 다시 고개만 끄덕였는데, 그 순간 더 이상 도망칠 곳이 없다는 생각이 번쩍 들더군요. 아니, 더 이상 도망쳐선 안 된다는 깨달음이었을 겁니다.

"……그림 배우는 거 어렵지 않아?"

"배우고 싶어? 난 그림 그리는 게 글 쓰는 것보다 쉽던데."

제 마음은 벌써 선생님에게로 달려가고 있었습니다. 가서, 가서…… 담판을 지어야 한다고 입술을 지그시 깨물었지요. 무슨 수를 쓰더라도.

"내가 그림 배우는 거 도와줄 수 있어?"

"글은 이제 안 쓸 거야?"

"응."

선생님을 찾아가기 위해 미술실을 나오면서 저는 그 침침함 속에서도 오롯이 환한 도화지를 화인처럼 마음속에 간직했었지요. 그 도화지만이 저의 죄를 씻을 수 있는 유일무이한 벌이라고 여기며.

2학년 1반 김○○—백일장에서 다른 사람의 글을 훔쳐와 자기 글에 써먹었다. 반성문 500매를 쓰지 못하고 방황하다가 마침내 그림을 발견했다. 그러나……

"그러니까 반성문 대신 매를 맞겠다는 얘기냐?"
"……예."
"글을 쓰느니…… 매를 맞겠다!"
도서실의 지구의 앞에 앉은 선생님의 표정이 잘 떠오르지 않네요. 슬픈 표정이었는지 아니면 화난 표정이었는지. 아마 그 표정을 살필 여력이 제게 없었을 겁니다. 그림이 눈에 들어온 이상 다른 무엇도 관심 밖이었을 테니까요.
"그래, 몇 대를 맞을 작정인데?"
"……"
"오백 대?"
"……!"
이거 뭔가 이상한 방향으로 일이 진행되고 있다는 두려운 생각이 비로소 들었지만 꺼낸 얘기를 도로 주워 담을 수는 없었죠. 그저 관대한 처분만 기다릴 뿐이었습니다. 아니, 어차피 이렇게 된 이상 될 대로 되라는 심사였을 겁니다.
"매로 글을 대신할 순 없다. 그것은 글을 모독하는 거다. 글이 매 앞에 엎드려서는 결코 안 된다. 그 글이 설령 반성문이라 하더라도."

"선생님!"

그때 제 마음은 엎드려 매달리고 싶을 정도였습니다.

"네가 무슨, 하고 싶은 일이 있는 모양인데…… 하고 싶으면 해도 좋다. 그리고…… 지금까지 그랬던 것처럼 앞으로도 네게 반성문에 대한 재촉은 하지 않겠다. 하지만 너는 오백 매의 반성문을 꼭 써야만 한다. 그만 가봐라."

선생님, 그날 도서실을 나올 때 제 마음이 어땠는지 아십니까? 얼마 전 수학여행 가서 보았던, 등에 거대한 절 한 채를 짊어지고 있던 울진 불영사의 거북이가 된 기분이었습니다. 거북이는 어디로 가려고 했던 것일까요? 바다로? 아직도 그 자리에서 떠날 채비만 하고 있을까요.

이 반성문을 쓰면서 시간을 헤아려보니 그해가 1980년이더군요. 웅변에 몰두해 있었던 일학년 때는 당연히 1979년이었고요. 선글라스를 너무 오래 썼던 대통령은 자신의 심복인 중앙정보부장에게 권총으로 살해되었고, 계엄령의 어둠은 제가 살던 시골마을에도 어김없이 내려와 있었지요. 봄이 되고 여름이 시작되기 전, 남쪽 광주에선 북한의 사주를 받은 간첩들이 폭동을 일으켰다고 텔레비전 뉴스가 쉬지 않고 떠들었던 해이기도 합니다. 그리고 얼마 후 군복을 입은 사내가 9시 뉴스 시간의 처음을 장식하기 시작했지요. 마을 어른들은 빨갱이들 세상이 될 뻔했던 걸 그 사내가 막은 거라고 수군거렸고, 학교 선생님들은 수업 이외의 일에 대해선 말을 아꼈던 기억이 떠오릅니다. 운동장에선 교련복을 입은 고등학생들이 목총을 들고 부쩍 바쁘게 총검술을 익히느라 흙먼지를 피웠던가요.

　선생님, 설마…… 제가 써야 했던 반성문이 그것들과 연관이 있었던 것은 아니지요? 갑자기 기분이 착잡해지네요. 아내와 목련을 보며 맥주 한잔 마셔야 될 것 같습니다.

23

선생님, 여름방학이 끝나가고 있었지요.

방학이란 게 시작할 때와 끝날 때가 전혀 다르네요. 시작할 때는 그동안 하지 못했던 모든 것을 할 수 있을 정도로 시간이 넉넉해 보이잖아요. 그런데 늦잠과 낮잠 몇 번 자고 나니 개학이 코앞도 모자라 퉁퉁 부은 눈꺼풀에 매달려 있는 것처럼 보이니까요. 그러니 큰일이 벌어진 것이지요. 방학 동안 무슨 일이 있어도 반성문을 모두 끝내리라 다짐했건만 남은 시간은 고작 일주일뿐이었지요. 두꺼운 대학노트를 아무리 펼쳐봐도 앞쪽 서너 장에만 볼펜 잉크가 묻어 있을 뿐, 나머지는 짐승 발자국 하나 없는 흰 눈밭이었습니다. 놀거나 잠든 사이 그 누구도 나를 대신해서 빈 페이지를 채워주지 않았던 겁니다. 저녁마다 꼴을 먹인 암소며 오며가며 머리를 쓰다듬어 준 우리 집 개도. 누나들이야 말할 것도 없었지요. 놀러 다니느라 막내의 고충을 돌볼 정신이 없었으니까요. 하긴 뭐, 누나들의 글 실력은 제가 봐도 형편없었기에 기대도 하지 않았습니다. 머리만 더 아팠을 겁니다.

어찌 되었든 방학이 일주일밖에 남지 않았네요. 다른 모든 계획을 취소하고 저는 책상 앞에 앉았습니다. 방학 동안 반성문을 끝내지 않으면 1학기와 마찬가지로 2학기 내내 선생님을 피해 다녀야 한다고 생각하니 머리가 지끈거리지 않을 도리가 없었지요. 까짓 거! 쓴다! 일주일 동안 다 끝내버린다! 그리고 기분 좋게 미술실에서 그림을 그린다! 저는 책상 앞에 붙여놓은, 거의 실패로 돌아간 방학 중 생활계획표를 급거 수정했습니다. 모든 여가활동을 반성문 쓰기로 대체했지요. 오기도 생겼지요. 못 쓸 이유도 없지 않은가! 시간도 이 정도면 충분하지 않은가! 이 반성문을 마지막으로 치사한 글쓰기의 세계를 떠난다! 지금 생각하니 마치 신춘문예를 일주일 앞두고 새로운 소설을 쓰는 것처럼 비장했습니다. 그러나 하루도 가기 전에 말 그대로 비장한 최후를 예감케 하는 일들이 속속 벌어졌지요. 새로운 일들이 아닌 늘 되풀이되던 일상이 그날도 저를 책상에서 끌어냈습니다.

"방구석에 처박혀 뭐 하냐? 가겟집에 가서 막걸리 한 되 받아와라."

밭에서 돌아온 아버지의 심부름입니다. 거스름돈이 저의 몫이니 가지 않을 수가 없습니다.

"큰댁에 가서 떡시루 좀 빌려와라."

"공부해야 돼!"

"밤에 하면 되지!"

보기에도 우스꽝스런 떡시루를 들고 터덜터덜 논둑 밭둑을 걸어가야 합니다. 개구리 물뱀 들이 앞다투어 꼬리를 감추는 길을. 아버지와 어머니는 여름 한낮 방구석에 처박혀 있는 자식이 놀고 있는 거라고 아예 단정을 한 모양입니다. 하긴 고랑 긴 감자밭, 옥수수밭, 콩밭으로 김을 매라고 내몰지 않은 것만 해도 다행인가요. 하여튼 저는 간신히 붙잡았던 반성문의 꼬리는 금세 잊어버리고 대신 뱀 꼬리를 쫓아 풀숲을 뒤적이느라 바빴지요. 떡시루는 굴러 논물에 빠지든 말든 신경 쓰지 않은 채.

"선배들이 공 차러 나오래."

"방학숙제 해야 돼."

"윗동네랑 돈내긴데 인원이 모자라. 안 나오면 나중에 빳다 맞을 거야."

공을 잘 차는 것도 아닌데 인원수를 채우려고 나가야 하다니, 정말 죽을 맛입니다. 그뿐입니까. 시합에서 지면 으슥한 곳으로 집합시켜놓고 요즘 선배들을 대하는 게 버릇이 없으니 어쩌니, 이유 같지도 않은 이유를 대며 빳다를 때리는 게 당시의 관행이었습니다. 빳다를 맞지 않으려면 이겨야만 하는데, 그게 어디 뜻대로 되는 일인가요. 아참, 그 당시는 그렇게 선배들에게 맞아도 부모님들께 이르는 경우가 드물었으니 어찌된 노릇인지 모르겠습니다. 사제 간이나 선후배 사이의 체벌은 아무렇지도 않게 여겨지는 세상이었던가요. 하기사 한국 현대사에서 가장 시끄럽고, 부끄럽고, 말도 안 되는 일이 난무하던 1980년이니 상식적으로 이해할 수 있는 일이 어디 있었겠어요? 저야 그때 아직 어려서 세상사에 대해 아무것도 몰랐지만, 이것 하나만은 분명했지요. 반성문을 써야 하는 시간을 그 모든 것들이 조금씩 갉아먹고 있었다는 것을. 시험공부가 벼락치기로 되지 않듯, 반성문 역시 마찬가지란 사실을.

"집에 가자."

어김없이 소도 말을 듣지 않네요. 날은 어두워지는데, 아무리 고삐를 잡아당겨도 긴 혀로 길옆의 풀을 휘감느라 바쁩니다. 선배들에게 맞은 엉덩이는 퍼렇게 멍들었고 만지면 전기에 감전된 듯 찌릿찌릿 합니다. 공 차주고 매 맞고, 뭐 이런 경우가 다 있냐고 소에게 얘기하며 집으로 돌아가고 싶었지만 속담 그대로 '쇠귀에 경 읽기'죠. 정신없이 풀을 뜯어먹다가 어느 순간 어두워진 걸 깨닫고 저 혼자 경중경중 뛰어 집으로 돌아가지나 않으면 다행입니다. 그즈음 다행히 소 앞에 서서 소 끄는 연습을 했던 터라 소를 놓칠 염려는 없었지만, 무서움은 아직 남아 있었기에 반성문 생각일랑은 까맣게 잊어버리고 고개를 돌려 소의 동태를 살피느라 저 역시 분주했지요. 자주 소의 뿔에 등이 받히는 상상을 하며.

낮 동안 반성문을 몇 줄이나 썼냐고요?

걱정하지 마세요. 밤이 있잖아요. 밤은 전반전, 후반전, 그리고 다리에 쥐가 나는 연장전을 지나 승부를 가를 마지막 방법인 승부차기를 하기에 가장 적절한 때잖아요.

그렇게 고개를 끄떡이며 아버지에게 소를 넘기고 방으로 들어가니 손님이 와 계셨습니다. '원주 보살님'이었지요. 어머니가 일 년에 두어 번 방문해 기도를 드리는 절의 보살님입니다. 그 보살님도 일 년에 한 번 우리 집으로 찾아오는데, 아마 어떤 기도를 도와주려는 거겠지요. 아니나 다를까, 벌써 부뚜막 위 작은 솥 위에 올려놓은 떡시루에선 김이 풀풀 날리고 있었지요.

저는 아무도 듣지 못할 만큼 작은 소리로 한숨을 토해내며 제 방 책상 앞으로 갔습니다. 모든 그날이 바로 오늘이란 사실을 깨달아서일까요, 안방에서 건너오는 텔레비전 소리를 들으며 쓰다 만 반성문을 들여다보았지요. 엉덩이가 따끔거려 자주 의자에서 일어나 팬티를 엉덩이에서 떼어냈습니다. 보살님의 목소리는 말벌 소리처럼 귀에 매달려 떨어지지 않았습니다. 벽에 걸린, 숫자 하나가 어린아이 주먹만 한 달력을 들여다보다 전염병처럼 번지는 제 한숨에 스스로 매몰돼버렸습니다. 결국 저녁 먹는 것을 핑계 삼아 안방으로 건너가 일일연속극부터 시작된 원주 보살님의 세태 해설을 듣느라 시간 가는 줄 몰랐습니다. 제 방 책상 위엔 저를 기다리는 대학노트만 덩그러니 놓여 있었겠지요. 하지만 사실 제가 아무 생각 없이 안방으로 건너갔던 것은 아닙니다. 사실 저는 원주 보살님의 말을 주의 깊게 들으며 때를 기다렸던 것이지요. 그리고 마침내 어머니와 아버지, 그리고 원주 보살님 모두가 들을 수 있게 제 생각을 털어놓았습니다.

"남은 방학 동안 보살님이 계신 절에 가 있고 싶어요. 써야 할 글이 있거든요."

"글?"

"응. 중요한 글이에요. 거기 가서 글도 쓰면서 절 일도 도와드리면 되잖아요."

보살님은 절에서 잔일을 거들던 사람이 말도 없이 갑자기 사라져 불편한 게 한두 가지가 아니라고 말했거든요.

"네가 절 일을 할 수 있겠어?"

"응. 소도 몰고 다니는데 왜 못해? 그리고 방학 동안 여행 한번 못 갔잖아."

저는 부모님이 원주 보살님을 꽤 신뢰하고 있다는 사실을 잘 알고 있었습니다. 집안의 중요한 일을 결정할 때마다 꼭 원주 보살님의 말을 따랐거든요. 새로 지은 집 곳곳에 붙어 있는 부적도 모두 보살님의 작품이란 것도.

"보살님, 괜찮겠어요?"

"나야 심심하지 않으니 좋지!"

"보살님 말씀 잘 들어야 한다."

"예."

승낙을 얻자 바람처럼 제 방으로 달려가 짐을 꾸렸습니다. 뭐, 짐이라고 해야 반성문을 쓸 대학노트와 볼펜이 거의 전부였지만.

"그러니까 반성문을 쓰려고 절에까지 갔었단 얘기잖아?"

아내가 파안대소를 합니다.

"결과적으로 볼 때 거기에서도 쓰지 못했고."

"그 나이에 절에까지 갔다는 게 중요한 거야."

선생님, 아내는 저의 다음 이야기를 들으면 아마 벌린 입을 다물지 못할 겁니다. 사실 원주 보살님의 이야기를 듣다가 충동적으로 결정한 일이었지만 왠지 그 모든 일들이 운명적으로 정해져 있었다는 생각을 지울 수 없었거든요. 쓰지 못하고 차일피일 미루고만 있었던 반성문이 마침내 부처님이 계신 절에 가서야 완성될 운명이었다는 것을. 그동안 토해놓은 수많은 한숨이 다 까닭이 있었다는 사실을. 방학 끝 무렵에 짠! 하고 나타난 원주 보살님이야말로 이야기의 반전을 위한 중요한 열쇠를 소유한 인물이라고 여기지 않을 수 없었습니다. 물론 그 인연으로 인해 이후 고등학교 삼학년 여름방학에도 저는 담임선생님을 졸라 남들이 다 하는 자율학습을 거부하고 보살님이 계신 절에 들어가 공부했고, 대학교 일학년 여름방학 때도 마찬가지였습니다.

"멋모르고 남의 글을 훔쳐온 일이 점점 수습 불가능한 상황으로 치닫고 있는 줄 그땐 몰랐지?"

"몰랐지······"

아내는 '반성문 쓰기'에서 '표절'로 재빨리 화제를 원위치시켰습니다. 그렇지요. 반성문보다 먼저 표절이, 어김없이 그 자리를 지키고 있었지요. 하지만······ 선생님, 아무리 그렇다지만 저는 아직 중학교 이학년이었습니다.

"중학교 이학년인 것은 맞지만 모든 중학교 이학년생들이 당신처럼 남의 글을 훔치진 않았지."

"알았어, 알았어! 절에서 지냈던 얘길 들려줄게."

치악산 자락에 자리 잡은, 오동나무에 둘러싸인 절은 한마디로 졸렸습니다.

어린 나이에 비장한 각오를 품고 식구들을 대표해 출가한 것인지도 모른다는 생각은 절 마당을 고스란히 덮은 채 자글거리는 햇살로 인해 순식간에 녹아 사라졌지요. 오동나무에 부리로 구멍을 뚫는 딱따구리 소리를 들으며 제 방에 짐을 풀었는데, 졸음은 도착한 날부터 줄곧 저를 따라다녔지요.

그 절은 또한 제가 알고 있던 절의 이미지를 한꺼번에 깨버린 절이기도 합니다. 스님들이 가정을 가져도 무방한 종파 소속의 절이었던 거지요. 그러니까 원주 보살님의 가족들이 그 절에서 함께 살고 있었던 것입니다. 보살님의 남편, 그리고 원주에서 고등학교에 다니고 있는 외아들, 무슨 행사가 있으면 인근에 살고 있는 시집간 딸들이 우르르 몰려와 일을 돕곤 했지요. 그리고 막일을 하는, 지능이 조금 부족해 보이는 남자와 여자. 남자는 절에 딸린 밭에서 농사일을 하며 소를 관리하고 여자는 주로 부엌에서 밥과 설거지를 맡았습니다. 그이들과 함께 저는 '출가'의 서러움과 고독, 기쁨을 순간순간 겪어나갔던 겁니다.

공식적으로 제가 맡은 일은 아침저녁으로 법당의 청소를 하고 샘

물에 가서 큰 주전자로 물을 길어와 불단의 물과 교체하는 것이었으니 시간이 많이 필요하지도, 일이 힘들지도 않았습니다. 그러했기에 표절로 인한 반성문을 쓸 시간은 충분했지만…… 선생님, 아시다시피 복병이란 것은 늘 예상하지 못했던 곳에서 출현하더군요.

한낮, 발을 쳐놓은 방에서 앉은뱅이책상 앞에 앉거나 바닥에 엎드려 졸음을 쫓으며 반성문을 쓰고 있을 때, 저는 끊어지지 않는 낯선 웃음소리에 이끌려 밖으로 나갔습니다. 거기에, 등산복 차림의 어린 마녀들이 서 있었습니다. 재잘재잘 떠들고 쉬지 않고 웃으면서. 헐렁한 승복 바지에 반팔 티를 입은 저는 쪽마루에 걸터앉아 마녀들의 행동거지를 눈으로 훑어나갔지요. 절을 둘러보다가 별로 구경할 것이 없다는 걸 깨닫고 다시 등산을 계속할 준비를 하느라 그렇게 요란스러웠던 것입니다. 일찍이 오대산 아래에서 태어나고 자란 저로서는 그 어린 마녀들만의 등산이 심히 걱정이 되는 터라 모른 척하고 방으로 다시 들어갈 수 없었습니다. 아니나 다를까요, 그중 귀여운 한 마녀가 제게 다가오더군요. "애, 치악산 정상으로 가는 길이 여기니, 저기니?" 듣기로는 제가 머무는 절이 있는 골짜기가 정식 등산로는 아니지만 정상으로 가는 가장 빠른 길이라 많은 등산객들이 애용한다 하였습니다. 저는 어린 마녀가 손가락으로 가리키는 두 길을 차분히 바라보다가 그중 한 곳에 손가락을 고정시켰지요. 고개를 끄덕인 마녀는 이번에는 제 모습을 훑어보더니 묻더군요. "이 절에 사니?" 저편에서 마녀의 일행들이 재잘거림을 멈춘 채 저를 주시하고 있는 걸 느낄 수 있었지요. 갑자기 좀 떨렸습니다. "아니. 글을 쓰려고 들어왔어." "글? 시?" 귀엽기만 하던 마녀의 얼굴에서 갑자기 호기심이 반짝거리네요. 하지만 시가 아닌 반성문을 쓰려고 절에 들어왔다는 사실은 차마 말할 수 없더군요. 같은 글이지만 시와 반성문은 너무 멀리 떨어져 있잖아요. 그래서 그 중간쯤에 자리하고 있음 직한 걸 골라야만 했지요. "소설을 쓰고 있어." "소설?「소나기」같은 소설?" 어린 마녀는 내 대답을 듣기도 전에 동료 마녀들에게 소리쳤습니다. "얘들아, 여기에 소설 쓰려고 들어왔대!" 이윽고 경계심을 푼 동료 마녀들이 제가 서 있는 곳으로 하나둘 다가왔지요. 소설, 소설…… 재잘거리며. 그때 어린 마녀가 먼저 말을 건넨 데 대한 우선권을 과시하듯 재빨리 제게 부탁을 했습니다. "너 몇 학년이니?" "삼학년." "그럼 우리랑 같네. 너 소설 쓰는 거 바쁘지 않으면 길 안내 좀 해줄래?" 선생님, 어떻게 제가 귀엽고 말 잘하고 배려 깊은 마녀의 청을 거절할 수 있겠습니까.

마녀들은, 매일 다른 얼굴의 마녀들은 방학이 끝나는 날까지 치악산을, 제가 머물고 있는 절을 기웃거렸지요. 그때마다 저는 길 안내를 하고 말 상대가 되어주었지요. 물 맑고 그늘 깊은 계곡에서 그녀들이 준비해온 김밥을 먹고 낮술 몇 잔도 걸치곤 했습니다. 시내 아이들은 술을 일찍 배웠는지, 아니면 노는 아이들이어서 그런지 잘은 모르지만, 하여튼 저는 학년을 부풀려가는 묘미까지 만끽하며 뜨거운 여름 한낮을 건너갔고, 밤이면 책상 앞에 앉아 대학노트를 들여다보았습니다. 비록 채 한 시간도 들여다보지 못하고 쓰러져 잠들었지만. 어느 날 저녁은 원주 보살님의 아들을 따라 원주 시내에 나가 놀다가 밤늦게 걸어서 돌아온 적도 있습니다. 그때 원주 보살님의 아들은 고등학교의 잘나가는 밴드부원이었고 저는 거기에 맞춰 학년을 고등학교 일학년까지 끌어올렸지요. 물론 원주 보살님은 워낙 바쁜지라 저의 '글쓰기'에 대해 신경 쓸 겨를도 없었구요.

치악산 골짜기에서의 여름 일주일이 그렇게 후딱 지나가버리고 말았으니 저는 다시 쓰다 만 반성문 앞에 앉아 한숨을 주물럭거리지 않을 도리가 없었습니다. 집으로, 학교로 돌아갈 일이 정말이지 끔찍하게 싫어졌지요. 계속 절에서 지내며 원주에 있는 중학교로 전학을 가고 싶은 마음만 굴뚝같았습니다. 결국 절 식구들이 모두 잠든 밤, 저는 홀로 법당에 들어가 촛불을 켜고 부처님께 앞으로의 진로에 대해 물어야만 했습니다. 부처님은, 역시나 냉정했습니다. 아무 말도 해주지 않았지요. 그동안 아침저녁으로 빠뜨리지 않고 샘물공양을 했는데 섭섭하기 이를 데 없었지요. 절에서 나가 집으로 돌아가지 않고 친구 녀석이 가출해 머물렀던 서울 마장동의 중국집으로 가볼까 생각까지 했으니 어련하겠습니까. 침묵으로 일관하는 부처님 대신 방법을 일러준 것은 원주 보살님이셨지요. 집으로 돌아가야 하는 날, 신도들 집에 일이 있어 저보다 먼저 사나흘 동안 길을 떠나는 일이 벌어졌던 것입니다.

선생님, 그래서 저는 저 스스로 개학을 연기했던 겁니다. 아직 더위가 물러가지 않았는데도 방문을 닫아걸고 책상 앞에 앉았습니다.

손에 마비가 올 때까지 볼펜을 움켜잡았지요. 하지만 일찌감치 제 머릿속에서 달아나버린 반성은 돌아오지 않았지요. 도대체 무엇을 반성해야 될지 몰라 끙끙대다가 제풀에 지쳐 잠들었습니다. 자다 화들짝 깨어나 원주 보살님의 아들이 숨겨놓은 소주를 찾아 홀짝거리다가 취해 떨어졌지요. 선생님 욕을 하다 지쳐 쓰러졌지요. 그렇게 하루, 이틀, 사흘이 되는 날, 낯선 목소리가 제 방문을 열었답니다.
바로 선생님이셨지요.
제가 그때 눈물을 흘렸던가요? 잘 생각나지 않네요. 아마…… 흘렸을 테지요.

선생님과 함께 절에서 내려오는 길은 코스모스가 만발했던 여름의 끝자락이었습니다. 사실 함께 걷는다기보다는 끌려간다고 해야 맞겠죠. 저는 쓰다 만 반성문이 들어 있는 가방을 둘러메고 선생님을 따라 그 길을 터벅터벅 내려갔지요. 다 쓰지 못한 반성문이 들어 있어서 그런지 가방 속에서 무엇인가가 부석거리는 소리가 유난히 귀에 거슬려 자꾸만 고쳐 메면서.
"지금껏 가출한 녀석이 여럿 있었지만 너처럼 절에 들어간 놈은 처음이다."
"……가출이 아닌데요."
"그럼 스님 되려고 머리 깎고 출가한 거냐?"
"반성문 다 써 가지고 나가려 했습니다."
"절간에서 쓰는 반성문이라…… 내가 너에게 너무 큰 짐을 준 것 같구나."

 길옆 바위 위에 걸터앉은 선생님은 한결 높아진 하늘을 보고 계셨지요. 뭉게구름 몇 점 둥둥 떠가는. 저는 멀뚱히 서 있다가 선생님이 가리키는 바위에 엉덩이 끝만 걸쳐놓은 채 집과 학교가 있는 동쪽으로 게으르게 이동하는 구름을 바라보았습니다. 반성문을 다 썼더라면 얼마나 좋았을까 생각하며. 메고 있는 가방 또한 구름처럼 가벼웠겠지요. 치악산 산골짜기 암자에서 한여름 동안 용맹정진 끝에 깨달음을 얻은 스님처럼 마음이 환해졌겠지요. 그러나 제 가방 속에서 덜렁거리는 것은 고작해야 냄새 나는 침에 젖은 빈 대학노트뿐이니 다시 되돌아가고 싶은 마음뿐이었습니다.

 "가자. 버스 시간 늦겠다."
 "선생님!"
 "왜?"
 "다른 사람의 글을 조금 훔쳐온 게…… 그렇게 나쁜 건가요?"
 "너는 어떻게 생각하냐? 다른 사람이 네가 어렵게 쓴 글을 조금 훔쳐가 자기가 쓴 것처럼 자랑하면."
 "……화가 나겠죠."
 "그래, 화가 날 거야."
 "하지만 이건 시험 때 커닝하는 거랑은 다르잖아요."
 "다르지. 커닝보다 더 무서운 거다."

 언덕길을 내려가는 저의 다리가 휘청 꺾였습니다. 도무지 납득할 수가 없더군요. 만만한 돌멩이라도 걷어차야 답답한 마음이 조금이라도 풀릴 것 같았지요.

"……왜요?"

"정말 몰라서 묻는 거냐?"

"……"

"시험 볼 때 답을 훔치는 것은 그 사람의 지식을 훔치는 거지만 글을 도둑질하는 것은 그 사람의 공들인 마음을 훔치는 거다."

"마음요?"

"그래."

공들인 마음을 훔치는 거라니! 저는 다시 언덕길을 휘청휘청, 허청허청, 흔들거리며 걸어야만 했지요. 무슨 말인지 도통 이해가 가지 않다가도 또 어렴풋하게나마 고개가 끄덕여지기도 했습니다. 마치 부처님 앞에 앉아 색즉시공과 공즉시색의 차이점을 놓고 머리만 긁적이는 둔한 불목하니가 된 기분이었지요.

"절 생활이 너하고 맞더냐?"

"……예."

"나도 한때 절에 들어간 적이 있는데 화를 누르지 못해 얼마 못 있고 뛰쳐나온 적이 있었다."

"전 시간이 너무 빨리 가는 것 같았어요."

차마 마녀들 얘긴 할 수 없었지요.

"빨리 가기도 하고 더디 가기도 하지."

선생님은 스님 말을 흉내 내는 것 같았는데 옆에서 본 표정만큼은 쓸쓸하기 그지없었지요. 그래서 저는 침만 삼키고 말았습니다.

"난 네가 반성문 쓰다가 스님이 되려고 작정한 줄 알았다. 그래서 이렇게 달려왔지."

왠지 어깨가 조금 우쭐해지더군요. 씩 웃다가 저의 무단가출이 떠오르자 황급히 표정을 수습하고 물었지요.

"학교로 돌아가면 정학을 맞나요?"

"하하! 너는 가출보다 출가에 가까우니 반성문 몇 장만 쓰면 될 거다."

"반성문요?"

"그래. 넌 아무래도 중학교 내내 반성문만 쓰다 졸업하겠다!"

선생님과 저는 아직 덜 익은 밤송이가 달려 있는 밤나무를 지나고 늙은 뽕나무 그늘을 통과하고 큰 붓처럼 생긴 미루나무를 보며 말없이 걸었지요. 저는 길옆 과수원에서 뿜어나오는 복숭아 향기에 코를 흥흥거리며 '다른 사람의 공들인 마음'이 무엇일까 궁금해 가끔 하늘을 올려보았지만 흰 구름만 변함없이 둥둥 떠가고 있었지요. 그게 뭘까, 선생님께 물어보고 싶었지만 애써 입을 다물었습니다. 선생님이 입을 열기 전에 먼저 물어보면 왠지 그동안의 제 고통이 도로나무아미타불이 될 것만 같아서.

우리가 타려는 시내버스가 언덕 아래에서 뽀얀 흙먼지를 일으키며 골짜기를 올라오는 게 보였지요. 저 아래 버스 종점에 올망졸망 모여 있던, 등이 잔뜩 굽은 할머니들이 짐 보따리를 챙겨 일어나 삐뚤삐뚤한 줄을 만들고 있었지요. 선생님과 저의 발걸음도 덩달아 빨라졌지요. 그리고 마침내 도착한 낡은 시내버스는 마을 공터의 늙은 느티나무를 한 바퀴 돌아, 마치 장난을 치듯 할머니들의 줄에서 한참 먼 곳인 우리 두 사람 앞에 정차했습니다. 버스가 일으킨 먼지가 가라앉고 대신 할머니들이 피워 올리는 마른 흙먼지가 그 자리를 대신했지요. 선생님은 땀이 축축한 손을 제 어깨에 올려놓은 채 토닥였고, 우리는 할머니들의 보따리와 휘두르는 팔에 치여 비틀거리며 오래 그 흙먼지를 들이켰지요. 그렇게 저의 짧은 출가는 끝이 나고 있었습니다. 기억나시나요, 선생님?

그런데…… 그 시절, 선생님은 무엇을 그렇게 아프게 앓고 계셨던 것인가요?

24

"이렇게 나와도 괜찮으세요?"

"아무래도 자네에게 술 한잔은 사야겠다는 생각이 들었어."

봄밤, 선생님을 만나러 나간 곳은 경포대 바로 윗마을인 사근진에 자리한 지붕이 낮은 허름한 횟집이었다. 얼마나 지붕이 낮은지 해안도로와 높이가 비슷했다. 그렇지만 아늑하기로 따진다면 다른 비까번쩍한 횟집들과는 비교가 되지 않았다. 그 집을 선택한 선생님의 마음을 느낄 수 있어 본격적으로 술을 마시지 않았는데도 훈훈했다.

"나는 딱 한 잔만 마시겠네."

"예! 나머지는 제가 모두 마시겠습니다!"

우리 두 사람은 횟집 별채의 창문 밖 늦게 피어 탐스러운 목련을 바라보며 낄낄거렸다. 목련 너머에는 짧은 백사장과 보트 정도를 댈 수 있는 작은 시멘트 구조물이 시원찮은 외등 불빛에 겨우 모습을 드러내고 있었다. 나머지는 모두 캄캄한 바다였다. 바다라는 걸 알 수 있게 해주는 건 먼 수평선에서 띄엄띄엄 불을 밝히고 있는 고깃배들 덕분이었다.

"마치 밀항선을 기다리고 있는 것 같네요."

"맞아! 초조함을 달래려고 술을 홀짝이면서 말이야. 자네는 착한 아내도 내버려두고 어디로 가는 배를 기다리나?"

"저 바다를 타고 계속 올라가 알래스카에 가고 싶어요. 저는 계절마다 옷을 바꿔 입어야 하는 게 귀찮아요. 선생님은요?"

"나는 말일세. 나는……"

선생님은 소주잔의 술로 입술을 적셨다. 목련꽃과 해변을 지나고 검은 밤바다를 단숨에 달려가듯 선생님의 눈빛이 반짝였다. 묻지 말아야 할 질문을 던진 것 같아 나는 술잔을 비웠다.

"나는…… 자네가 반성문 때문에 끙끙거렸던 그 시절로 가고 싶네."

"에이, 과거로 돌아가는 밀항선이 어디 있어요? 저랑 같이 알래스카로 가요, 선생님."

"거긴 너무 추울 것 같네."

선생님과 나는 한동안 말없이 밤바다만 바라보았다. 배는 좀처럼 오지 않았다. 어둠을 헤치고 무엇인가 다가오는 것 같아 눈을 동그랗게 떴지만 그것은 해안선에 닿기도 전에 부서지는 파도일 뿐이었다. 그러면 나는 술잔을 비우고 선생님은 술로 입술만 적시기를 되풀이했다. 오지 않는 배를 기다리는 지루함을 조금이나마 위로해주는 것은 가까이 있는 목련꽃이었다. 나는 소금기가 촘촘히 배어 있을 목련을 보며 물었다.

"왜 그때로 돌아가고 싶으세요?"

"……그때 우리는, 아니 나는, 나 스스로를 견디지 못해, 그 무력함을 떨쳐내려고 엉뚱하게도 아무것도 모르는 학생들을 혹독하게 몰아세웠지. 선생님이라는 직함을 이용해서. 그게 바로 자네가 작성한 '죄와 벌'의 목록이라네. 자, 받게. 이건 사과하는 의미의 술이네."

"우린 그때 모두 말썽꾸러기들이었어요!"

"사과를 받아주는 걸로 알겠네."

"반성문 오백 매는 너무 과하셨어요!"

"소설가가 되려면 그 정도는 고민하고, 또 그 정도는 써야지."

"선생님, 혹시 그 당시에 소설가 지망생이셨어요?"

"나는…… 세상이 무서워서 글을 쓸 수가 없었지. 그나저나 배는 왜 아직도 안 오는 건가?"

나는 다시 목련꽃을 지나 해변을 건너 밤바다를 바라보았다. 배는 보이지 않고 갈기를 세운 파도만 밀려왔다가 부서지는 밤이었다. 파도는 끊임없이 누군가에게 사근진, 사근진, 속삭이고 있었다.

"이건…… 아주 오래된 자네 글이네. 집에 가서 뜯어보게."

두 시간 만에 술 한 잔을 모두 비운 선생님의 얼굴은 까맣게 타들어가고 있었다. 나는 선생님이 내민 아주 무거운 서류봉투를 받았다. 창밖의 목련꽃들도 파도를 흉내 내 사근진…… 사근진…… 속 닥거리고 있었다. 배는 아직 올 시간이 아닌 모양이었다.

25

 찜찜하고 시원섭섭한 기분이었지만 미술실로 가는 발걸음은 그래도 가벼웠습니다. 사실 그림보다는 그 애가 거기 있기 때문이었겠지요. 하지만 결론부터 얘기하자면 그림을 그리는 행위와 저의 궁합은 잘 들어맞지 않았습니다. 스케치를 하고 물감을 고르는 데까진 그럭저럭 따라갔지만 색을 칠하면서부터는 이상하게 어긋나더군요. 수채화란 게 물감과 물의 양을 어떻게 조절하느냐가 관건인 것 같은데, 저는 아무리 애를 써도 그게 그거였습니다. 예를 들어 나무의 잎사귀를 색칠할 때 같은 초록을 빛의 명암에 따라 각기 다른 초록으로 칠해야 하는데 저는 도무지 그렇게 되지 않더군요. 결국엔 도화지가 물에 불어 너덜너덜하게 변해버리곤 했습니다. 그 애가 옆에서 도움을 주었지만 내 머릿속에 들어오면 이내 물에 풀어진 온갖 색의 물감처럼 혼탁해지니…… 여름의 생기 가득한 잎을 그리려 했는데, 가을날 알록달록하게 물든 단풍을 그리려 했는데, 그려놓고 보면 초겨울의 말라비틀어진 낙엽이 되기 일쑤였죠. 심지어는 제초제를 맞은 잎사귀처럼 변해버리니 할 말을 잃을 수밖에요. 결국 저는 수채화를 거의 포기하고 물감에 물을 최소한 적게 섞는 방법으로 갈 수밖에 없었는데, 그나마 그 애의 격려가 유일한 격려였답니다.

"네 그림은 중국풍이야."

당시엔 그 말이 격려처럼 들렸는데 지금 다시 생각하니 모호하기만 하네요. 정말이지 요즘 코미디 프로에서 유행하는 말 그대로 '그림은 나랑 안 맞는 것 같아요'라고 말하고 싶었지만 끈기가 없다는 말은 듣고 싶지 않아 꾹 삼켜버렸지요. 미술실 안의 침침한 분위기와 물감 냄새는 좋았지만 제 손은 흰 화선지 앞에서 점점 힘을 잃어가고 있었습니다.

"너무 실망하지 마. 넌 웅변도 잘하고 글도 잘 쓰잖아."

하굣길에서 듣는 그 애의 위로도 별 힘이 되지는 못했습니다. 그 애가 선물로 준 「겨울 정류장」을 책상 앞에 붙여놓고 매일 밤 한숨만 쉴 뿐이었지요. 저는 웅변에서 떠난 지 오래되었고 글에선 쫓겨난 거나 마찬가지였으니까요. 그림 앞에선 무기력하기만 하고. 그렇게 뒤숭숭한 저의 1980년이 겨울로 치닫고 있었습니다. 그 애가 그려준 그림 속 풍경 안으로 저도 모르게 한 걸음씩 들어가고 있었지요. 차가운 눈덩이를 굴리며. 시린 손을 호호 불며 저는 어디까지 갈 수 있을까요? 어디로? 점점 커지는 눈덩이와 함께. 모두가 그런 것처럼 저도 예외 없이 삼학년 교실로 가는 것인가요?

"나는…… 네가 다시 글을 썼으면 좋겠어."

"……"

"그러면 그 글을 나는 그림으로 옮기고. 어때?"

토요일 오후, 오전 내내 잔뜩 흐려 있던 하늘이 마침내 눈송이를 터뜨렸지요. 그 애와 저는 12월의 눈 내리는 국도를 걸어 집으로 가고 있었습니다. 제가 끌고 가는 자전거는 눈 위에 긴 바퀴 자국을 지그재그로 그렸지요. 한 몸인데도 불구하고 서로 엇갈리는 앞바퀴와 뒷바퀴의 이중주를 우리는 가끔씩 뒤돌아보았습니다. 그 옆에 찍혀 있는 두 사람의 발자국도 함께 우리를 따라오고 있었지요. 하얗게 변해가는 길을 걷고 있는 검정 교복을 입은 학생들. 눈싸움을 하거나 달리고, 어른들처럼 생각에 잠겼거나 엉덩방아를 찧고…… 그 따스한 풍경화 속을 그 애와 함께 걷고 있었지만 제 마음은 점점 불편했습니다. 봄날 처음 백일장에 참석해서 쓴 글 한 편이 눈 내리는 겨울까지 끈질기게 따라올 줄은 예감조차 못했거든요. 더군다나 다른 누구도 아닌, 그 애와 함께 걷는 길, 그 애의 입에서 나오는 말이었으니까요. 자전거 짐받이에 실려 있는 그 애의 책가방을 건네주고 나 홀로 눈 속으로 사라지고 싶은 심정이었지요.

"저…… 선생님, 반성문은…… 어떻게 해요?"

절에서 돌아온 얼마 후 제가 쭈뼛쭈뼛 선생님을 찾아가 물었지요.

"반성문이라…… 계속 쓰라고 하면 이번에는 절이 아니라 서울로 가출할 테고. 이제 그만 쓰라 하면 다른 사람의 글을 훔친 네 죄에 대한 벌이 흐지부지 사라져버릴 테니…… 어쩐다…… 넌 어떻게 하고 싶으냐?"

"절에 가 있는 동안…… 많이…… 반성했는데요."

"그랬겠지. 절은 잘못을 빌고 용서를 구하는 곳이니까."

교무실 저편에서 일학년 때 담임이었던 웅변 선생님이 책꽂이 너머로 긴 목을 내민 채 바라보고 있어 제 마음은 달아오른 번철 위에 떨어진 물방울처럼 타들어갔습니다. 선생님은 그걸 아는지 모르는지, 아니면 아무래도 상관없다고 여기는지 빙긋이 웃으시며 생각에 잠겨 계셨지요. 저에게 그보다 더 길고 지루한 시간은 아마 중학교 삼 년을 통틀어 없었을 겁니다.

"그래, 이렇게 하자. 네가 절에까지 들어가 고심한 걸 보면 마음고생을 충분히 했다는 건 인정한다. 그러나 누가 억지로 네 등을 떠밀어 절에 들어간 것도 아니다. 어찌 되었든 너는 아직 반성문 오백 매를 쓰지 않고 있다는 건 분명하다. 그래서 나는 타협안을 내놓기로 했다. 학생이니만큼 너는 반성문뿐만 아니라 공부도 열심히 해야 하니까."

"……"

"나는 네게 아주 많은 시간을 주기로 결정했다."

"많은 시간을요?"

저는 웅변 선생님이 들을까 봐 기어들어가는 소리로 물었지요. 어느새 선생님의 얼굴에선 웃음이 사라졌습니다.

"반성문 쓰기를 다른 무엇으로 대신할 수는 없다. 하지만 아직 네가 시간이 부족한 학생인 점을 고려하기로 했다. 원고지 오백 매의 반성문은…… 꼭 써야만 한다. 그것은 네가 다른 사람의 글을 훔쳤기 때문이다. 대신 언제 제출해도 상관없다. 중학교 졸업식 때 가져와도 되고 고등학교 졸업식 때도 괜찮다. 대학 다닐 때도 괜찮다. 대학을 졸업하고 사회생활을 할 때도 좋다. 네 인생의 긴 시간 속 어디에서도 상관없다는 얘기다. 언제라도 괜찮으니 내게 제출하기만 하면 된다. 지금까지 내가 한 얘기를, 특히 네가 써야 할 반성문을 앞으로 부디 잊지 않기를 바란다. 너 자신을 위해서라도. 그리고 나 역시 앞으로 네가 어디에 가 있더라도, 내가 어디에 가 있더라도 지금 이야기한 것을 잊지 않겠다. 그만 가보거라. 앞으로 내게 더 이상 반성문 얘기는 하지 말고."

"……예."

선생님, 이게 대체 무슨 소리랍니까. 쓰라는 애깁니까, 쓰지 않아도 된단 말입니까. 그날 저는 교무실에 갔다가 머릿속에 가시덤불만 한가득 우겨넣고 나온 셈이었지요. 끝도 시작도 찾을 수 없는, 중간을 잘라버려도 마찬가지로 헛갈리는 이야기에 짧은 머리카락을 벅벅 긁어 허연 비듬만 털어냈지요. 물론 어디선가 불어오는 한 줄기 가느다랗고 시원한 바람 냄새를 맡지 못한 것은 아니었지요. 까짓것, 선생님 말대로 인생의 긴 시간 속에서 반성문 하나 못 쓰겠어! 그렇게 중얼거린 뒤, 말없이 한참을 걷다가 한숨을 포옥 토해 놓고 재빨리 입술을, 그리고 얼굴 전체를 손바닥으로 닦았지요.

눈은 싸락눈에서 함박눈으로 변해가고 있었습니다. 그러면 겨울 풍경이 좀더 푸근하게 보인답니다. 돌멩이가 널려 있던 우중충한 신작로는 짧은 시간에 흰 눈으로 포장되었으니 아무리 눈이 많이 내리는 고장에서 그동안 성장했다 하더라도 터져 나오는 감탄사를 삼킬 수는 없는 법이지요. 길은 지워지는 것처럼 보이다가도 어느새 되살아나고, 그러다 다시 지워지고…… 온통 눈뿐인 풍경 속에서 그곳이 길이라는 사실을 알려주는 건 길옆 미루나무와 전봇대가 전부였지요.

그 애와 저는 한동안 눈만 바라보며 그 길을 걸었습니다. 곱게 빗은 그 애의 머리 위에도 눈은 치우기가 무섭게 내려앉았고, 제가 쓰고 있는 교모는 한층 키가 커졌지요. 그 애와 헤어져야 할 곳이 저만치 앞에 보이자 저는 더 이상 침묵을 지킬 수 없다는 걸 알았습니다. 언제까지 그 사실을 숨긴 채 끙끙거릴 순 없다는 생각이 들었던 것이죠. 함박눈으로 가득한 세상에서, 다른 아이들은 모두 어디론가 사라지고 그 길 위에 우리 두 사람만 걷고 있다는 생각이 들었을 때, 저는 모자에 쌓인 눈을 털고 걸음을 멈췄습니다. 그리고 그 애의 얼굴을 바라보았지요. 그 애의 귓불은 발갛게 변해 있었습니다.

"지난번 백일장 때…… 내가 쓴 글은…… 사실 모두 다 내가 쓴 게 아냐."

제 귓불도 홧홧하게 달아오르고 있다는 걸 느낄 수 있었지요. 그 애의 동그란 눈이 더 크고 동그랗게 변하더군요.

"그게 무슨 얘기야?"

"학생잡지에서 본 글을…… 조금 훔쳐와서 썼어."

"다른 사람이 쓴 글을?"

"응."

함박눈은 점점 더 많이 내리고 있었지요. 그 애와 저마저도 지워 버릴 듯이. 하지만 그 애의 물음에 적당한 답을 하려고 골몰하다 보니 어깨와 모자에 쌓이는 눈을 털어낼 생각도 하지 못했습니다. 꿈 속에서 내 편을 들어주었던 그때의 그 애가 아니었지요. 말로 표현하지는 않았지만 얼굴에 씌어 있는 실망스런 감정을 고스란히 느낄 수 있었거든요. 빨리 모든 걸 털어놓고 헤어지고 싶은 마음 외엔 그 어떤 생각도 들지 않았지요.

"그 사실을 누가 아는데?"

"……우리 담임선생님과 나."

결국엔 반성문 얘기까지 모두 나오고 말았지요. 절에 들어간 일도.

"그러니…… 내게 글을 쓰란 얘기는 하지 마. 나는 그럴 자격이 없어."

아, 이렇게 이 애와 저의 만남이 끝나는구나 하는 생각이 와락 밀려들더군요. 왠지 눈시울이 뜨뜻해졌지만 악착같이 참았지요. 차마 눈물까지 보여주고 싶진 않았거든요. 모든 걸 털어놓으니 비록 그 애와의 만남은 끝이 될지 모르지만 그동안 막혀 있던 무엇인가가 마침내 뚫린 듯 시원해지더군요. 저는 자전거 짐받이에 묶어놓은 그 애의 책가방을 내밀었습니다.

그런데 선생님, 그 애는 책가방을 받지 않더군요. 대신 그 애의 집으로 가는 길과 우리 집으로 가는 길이 갈라지는 곳에 있는 정류장으로 걸어가더군요. 머뭇머뭇 따라갈 수밖에요.

"여기 앉아."

그 애는 눈이 들이치지 않는 자기 옆자리를 내게 가리켰지요. 나는 자전거 양 손잡이에 설치한 방한덮개를 풀어 깔고 앉으라고 내밀었습니다. 그리고 그 애의 옆에 앉았지요. 정류장 바깥은 흰 눈이 가득한 영화 스크린이었습니다. 우리는 세상의 모든 소리를 흡수한 채 내리는 눈송이들을 바라보았지요. 따스한 군밤이나 호떡을 먹으면서 보았더라면 더 좋았을 텐데, 바람뿐이었지요.

"길눈이 내리려나 봐."

"……그래."

"잘됐지 뭐. 내일은 일요일이니 학교도 안 가잖아."

"……그래. 저기…… 그동안 얘기 안 한 거 미안해."

"아냐. 이해해. 너도 그동안 많이 힘들었잖아."

"……"

"넌 어떻게 생각하는지 모르지만 국어 선생님 결정이 옳은 것 같아. 시험 때 커닝하는 것과 글을 커닝하는 건 나도 다르다고 생각해. 글은…… 예술이잖아."

예술? 저는 그 애의 입에서 나온 '예술'이란 말에 나도 모르게 고개를 끄덕였습니다. 그 말 속에 무엇이 들어 있는지도 모르면서 무작정. 함박눈은 다시 침묵을 요구했지요. 정류장 밖의 미루나무는 점점 지워지고 있으니 그 뒤편의 논과 밭, 집, 개울, 산 들은 말할 것도 없었지요. 예술이 커닝이어서는 안 된다! 알 듯 모를 듯한, 잡힐 듯 잡히지 않는, 보일 듯 보이지 않는, 그 예술이란 낱말 하나가 세상을 덮는 눈발 속에서 오롯이 떠오르는 토요일 오후의 정류장이었지요.

"뽀뽀해도 돼?"

"응?"

내리는 눈을 멍하니 바라보고 있던 저는 그 애의 말에 깜짝 놀라 돌아보았지요. 그 애는 아무 표정 없이 정류장 밖의 눈송이를 바라보며 다시 말했지요.

"뽀뽀해도 되냐고……"

"……응."

그렇게 저는, 느닷없이 그 애의 입술을 받아들였답니다. 조금 창피한 마음으로. 가슴이 벌렁거리고 침이 말라 숨쉬기도 힘들었지만, 가만히 앉아 견뎌냈지요. 한 번. 두 번. 세 번. 그 애의 입술이 내 입술에 닿을 때마다.

"내게 그 얘길 해줘서 고마워. 선생님 말씀대로 나는 네가 글을 쓰면 잘 쓸 거라고 믿어. 지금은 아니더라도 언젠가는 꼭 글을 쓰길 바라. 잘 가!"

책가방을 든 그 애가 골짜기로 퍼붓는 눈발 속으로 사라졌지만, 선생님, 저는 한동안 그 자리를 떠날 수 없었습니다. 온갖 생각과 야릇한 느낌이 마음과 몸을 뒤흔들고 있었기에. 정류장만 빼놓고 나를 둘러싼 모든 것들이 사라지는 듯한 환상 속에서 부들부들 떨고만 있었지요.

선생님, 그러나 여기까지는 반성이 아닙니다. 다만 그 어린 날들의 띄엄띄엄 떠오르는 기억일 뿐이지요. 반성은…… 반성은 그 정류장을 떠난 뒤 아주 오랜 시간이 흘러서야 비로소 뼈아프게 제 온몸과 마음을 휘감았습니다.

그날, 그 애가 사라진 정류장에서는 첫 입맞춤의 감정이 사그라지자마자 저는 침을 퉤 뱉고 고작 이렇게 투덜거리며 자전거를 타고 집으로 향했지요.

"에이! 당했다!"

선생님, 사근진에서 제게 건네주신 서류봉투를 뜯어보고 말을 잃을 뻔했습니다. 그 글을 보관하고 계셨다니요. 삼십 년 동안이나. 아무것도 아닌 그 글을. 아내도 저도 뛰는 가슴을 진정시키지 못하고 한동안 넋을 놓았습니다. 마치 몰래 내다버린 자식과 삼십 년이 지난 뒤 맞닥뜨린 기분이랄까요. 꿈속에서라도 훔쳐서 없애버리고 싶었던 그 글과 다시 만나다니요. 한마디로 충격이었고 또 이루 말할 수 없이 두려웠습니다. 지금 제가 소설을 쓰는 사람이 아니라면 그 충격과 두려움은 조금 덜할지 모르겠죠. 하지만 어쩌면 그 글에서부터 걸음마를 시작한 저로서는 놀라지 않을 수 없었지요. 그 글을 만나기 전까지는 기억은 있지만 실체는 없는 죄와 아옹다옹하는 거라 생각해 그래도 부담이 덜했거든요. 그런데 그 글을 선생님이 여태 가지고 계셨다니. 그것뿐입니까, 문제의 글이 실린 학생잡지까지 같은 봉투 안에 들어 있다니! 늦게라도 이 반성문을 쓰지 않았더라면 대체 저는 어찌 될 뻔했을까요. 물론 끝까지 그런 적 없다고 시치미를 떼며 'Go!'를 외치는 제게 선생님께서 그 '폭탄'을 투척하지는 않으시겠지만 그래도 등골이 오싹했던 건 사실입니다. 말씀드렸다시피 저는 그동안 어느 자리에서도 그 부끄러운 기억을 꺼내놓은 적이 없었으니까요. 그냥 대학 시절 너무 외로워서 책을 읽기 시작했고 그러다 조금씩 글을 쓰게 된 게 문학을 시작한 계기였다고 아무렇지 않게 거짓말을 했으니까요.

"당신 선생님, 무섭다."

아내의 첫 반응입니다.

"……나를, 내 글을 아껴주신 거야."

"이런 선물도 다 받고. 당신, 소설가 된 보람이 있네."

사근진에서 밀항할 배를 기다리며 마신 술이 다 깬 것 같았습니다.

"그나저나 어느 것부터 먼저 볼까? 그러고 보니 당신 글씨체는 정말 이때부터 지렁이체였네!"

저는 오래되어 삭아버릴 것 같은 원고지를 떨리는 손으로 조심스럽게 넘겼지요. 아내는 재빨리 학생잡지의 목차를 펼쳐 얼굴을 디밀었습니다.

이학년 겨울방학은 폭설의 겨울이었습니다. 대관령 일대에 내리기 시작한 눈은 거의 사흘 단위로 퍼부었지요. 쌓인 눈이 녹기도 전에 다시 그 위에 눈이 덮이고 사흘을 못 참고 다시 내리고. 어렸을 때부터 질리도록 보아왔지만 눈은 매번 경이로움 그 자체입니다. 마을을 온통 덮어버린 눈 속에서 농사일이 끝난 어른들은 이 집 저 집에 모여 낮밤을 새워 화투를 치고 우리들은 고로쇠나무를 깎아 만든 스키를 타느라 바빴지요. 어떤 날은 아버지를 따라 토끼를 잡으러 산으로 들어갔고 발자국을 남기고 도망치는 토끼보다 늘 먼저 지쳐 집으로 돌아오곤 했지요. 눈이 허리까지 내린 날은 굶주린 산짐승들이 단체로 산 아래 민가로 내려와 사람들을 깜짝 놀라게 만들었던 적도 있습니다. 아, 그 산짐승들이 모두 어디로 갔는지는 절대 제 입으로 말할 수 없습니다. 다만 한 가지, 그때는 사람이나 산짐승들 모두가 평화롭게 공존하고 있었다고는 말할 수 있습니다. 거기서부터 삼십 년이 지났는데 우리들은 그 세계를 잃어버렸지요, 모두.

선생님, 사실 그 겨울에 저는 아무도 모르게 반성문을 쓰고 있었습니다. 가족들이 잠든 깊은 밤, 눈 덮인 외양간에서 어미 소가 고래의 등에서 뿜어져 나오는 물줄기처럼 길게 숨 쉬는 소리를 들으며. 하룻밤에 한 장씩. 물론 그것이 선생님께서 말씀하신 반성문인지는 잘 모르겠네요. 다만 쓰다 그만둔 반성문의 뒤를 이어 무엇인가를 끼적거린 것은 사실입니다. 누나들의 두툼한 노트를 몰래 꺼내 거기에 있는 시를 옮겨 적기도 했고, 그 애에게 보낼 편지를 베끼며 야릇한 기분에 휩싸인 적도 있었지요. 어쩌면 그것은 반성문을 빙자한 다른 무엇이었겠지요. 다만 글의 제목만 '반성문'일 뿐이었지요.

그러나 그 노트도 오래가지는 못했습니다. 방이 두 칸뿐인 시골집에서 남에게 보여주기 싫은 자신만의 물건을 감추기란 그리 쉽지 않았기 때문입니다. 제가 누나들의 일기장을 몰래 엿보았듯이 누나들도 제 반성문을 들춰본 모양입니다. 당연히 '마빡에 피도 안 마른 놈'의 반성문을 빙자한 연애편지 글은 그럴 듯한 명분에 휘둘려 제지를 당하고 말았습니다. 이제 중학교 삼학년이 되니 고등학교에 진학할 공부를 해야 한다는 명분 말입니다. 그런데 의외로 그 말이 제 귀를 솔깃하게 만들었지요. 그 시절 형이 춘천에서 직장 생활을 하고 있었기에 공부를 잘하면 그곳으로 유학을 보내준다는 거였기 때문입니다.

선생님, 기억하시나요? 저의 오래된 꿈 가운데 하나가 바로 전학이었다는 것을. 그것도 집과 가까운 강릉이 아니라 춘천으로의 전학이었다는 것을요(집이 가까우면 주말마다 집에 내려가 농사일을 해야 하니까요).

연애편지를 담은 반성문 노트는 그렇게 어디론가 사라져버렸습니다. 그러나 그때 저는 알아차리지 못했습니다. 훗날 그 반성문이 어떤 얼굴로 나를 다시 찾아오리라는 걸. 그때까지의 고민과 한숨은 아주 짧은 소나기일 뿐이라는 사실을.

"궁금하지 않아?"

아내는 낡은 학생잡지와 백일장에서 썼던 내 글을 탁자 위에 가지런히 올려놓고 묻네요.

"뭐가?"

"이 학생은 지금 무엇을 하고 살까?"

제가 도둑질한, 학생잡지에 실린 글의 지은이를 두고 하는 말입니다. 잡지에는 이름과 학교, 학년이 명기되어 있습니다.

"본명이 분명하다면, 지금 글을 쓰고 있는 것 같지는 않아. 시인이나 소설가 중에 이런 이름은 들어본 적이 없거든. 다른 분야는 잘 모르겠지만."

"당신이 가지고 있는 문인주소록에도 없어? ……아쉽다! 이 사람이 지금 시인이나 소설가였음 정말 재미있었을 텐데."

"퍽이나!"

저는 시선을 돌려버립니다. 목련꽃 한 잎이 또 툭! 떨어지네요. 외등 불빛도 놀랐는지 잠깐 파르르 떨었던 것도 같습니다.

"찾아서 당신 얘기 들려주면 좋아할 것 같아. 요즘은 사람 찾는 거 쉽잖아."

바람이 점점 세지는 걸까요. 비가 오려는 걸까요. 목련꽃들이 우수수 떨어지네요. 그러고 보니 저녁 무렵 빗방울도 조금 떨어졌네요. 진동으로 해놓은 휴대폰이 부르르 몸을 떨고 있습니다. 저는 차마 휴대폰이 있는 책상 앞으로 가지 못합니다. 아내가 제 눈치를 보더니 대신 자리에서 일어나네요. 입안의 침이 갑자기 마르기 시작합니다. 아니길, 그 소식이 아니길 바라고 또 바랐습니다.

"……선생님이 다시 입원하셨대."

"열흘에 한 번씩 검진 받으러 가시잖아."

저는 애써 태연하게 말을 받았습니다. 침을 끌어 모아 타는 입안을 축이며.

"……그게 아닌가 봐."

선생님, 마당 귀퉁이의 목련꽃은 작정한 듯 비바람에 쏟아지네요. 이 모든 게 우연인가요?

26

 선생님.

 반성문을 쓰는 동안 내내 함께했던 마당 귀퉁이의 목련꽃은 흔적도 없이 사라졌습니다. 꽃샘추위가 몰아치는 동안 저는 몸살이 나서 사흘을 누워 있다가 오늘에서야 겨우 일어났습니다. 아직도 머리가 조금 어질어질합니다. 선생님도 감기 조심하십시오. 감기는 만병의 근원이라 하지 않습니까. 누워 있는 동안 줄곧 책상 앞으로 가야 하는데…… 가서 반성문을 마무리해야 하는데, 중얼거렸다고 합니다.

 선생님.

 이 반성문은 산골마을에서 태어나 고등학교에 진학하기까지 그곳을 떠나지 못했던 아이가 걸어다녔던 신작로에 관한 이야기입니다. 신작로 주변에서 먼지를 덮어쓴 채 자라던 코스모스에 관한 이야기입니다. 신작로 옆 개울에서 이 돌멩이 저 돌멩이로 바삐 쏘다니던 송사리에 관한 이야기인지도 모릅니다. 그 길을 게으르게 오고 갔던 완행버스에 관한 이야기입니다. 누런 코를 줄줄 흘리며 버스를 쫓아 뛰어가던, 감자 같았던 아이들에 관한 이야기입니다. 아니, 아니…… 삼십 년이라는 세월이 흐르는 동안 그 모든 것을 잃어버린 꿈에 관한 이야기일 것입니다.

선생님.

봄비가 흩뿌리던 날 선생님은 다시 병원으로 실려 가셨지요. 그날 밤 저는 부랴부랴 반성문을 챙겨 들고 병원으로 차를 몰았습니다. 안개 자욱한 대관령을 내려가면서 저는 엉뚱하게도 반성문을 모두 쓸 때까지만이라도 살아 계셨으면 좋겠다고 빌었지요. 그리고 이내 꾀를 냈지요. 500매의 반성문이 아니라 50,000매의 반성문을 쓰겠다고. 뒤돌아보면 선생님 말씀대로 살아가는 일 자체가 반성인데, 못 쓸 까닭이 없겠지요. 그런데…… 그런데 말이에요, 선생님. 응급차에 실려 가면서까지 반성문을 챙기신 건 좀 심하신 거예요. 헐레벌떡 병실에 들어섰을 때 저는 그걸 보고 순간 소름이 오싹 돋았습니다. 제가 소설가라는 사실이 무섭고 두려워졌을 정도였어요. 제가 과연 제대로 반성하고 있는 건가, 그저 잔머리를 굴려 펜을 놀리고 있는 건 아닌지 심각하게 고민하게 만들었지요.

선생님.

결국 저는 반성문을 쓰지 않고 중학교를 졸업했습니다. 선생님과도 그때 헤어진 거네요. 대관령 산골짜기를 떠나 춘천이란 곳으로 유학을 갔지요. 어릴 적 소원이 마침내 이루어졌지만 그 기쁨은 당연히 오래가지 못했습니다. 산골 학생이 낯선 도시에서 살아가기란 그리 쉽지 않더군요. 공부란 것도 생각한 대로 따라오지 않았고요. 열등생도 우등생도 아닌 자리에서 딱 고만큼의 꿈을 꾸며 학교와 자취방을 오갔지만 왠지 모를 허전함은 사라지지 않았습니다. 그 허전함이 무엇 때문인지 찾으려 했지만 잊을 만하면 찾아오는 시험과 늘 허기져 있는 졸음을 상대하느라 그럴 겨를조차 없었지요. 어느 주말, 생활비를 타기 위해 고향집에 들렀다가 고향에서 고등학교를 다니는 친구들을 만나 몰래 술을 마시면서 비로소 알았습니다. 그 허전함이 무엇 때문이었는지. 그 후, 저는 틈만 나면 부모님에게 고향에 있는 고등학교로 전학을 가겠다고 고집했지만 그것 역시 이루어지지 않았습니다. 자취방에서 담배를 피우고 술을 마시는 날들이 늘어갔지만 마음은 쓰지 않은 반성문처럼 늘 고향을 바라보고 있었지요. 진학을 희망하는 대학은 서울의 명문대학 국문과였지만 성적은 늘 그 자리에서 움직이지 않았던 것처럼, 꿈의 풍경 역시 그 눈발 날리는 정류장과 다를 게 없었던 겁니다. 지금 제가 쓰는 소설도 그러하겠지요.

  선생님.

  누군가 이런 얘기를 하는 걸 들은 적이 있습니다. 발자크나 스탕달의 시대에 다른 작가들이 과연 없었겠냐고. 그 시대에도 많은 작가들이 글을 쓰고 있었다고. 다만 시간이 흘러 후세의 사람들에겐 발자크나 스탕달만 남아 있는 거라고. 그 얘기를 들으면서 저는 오래 고개를 끄덕였습니다. 이 얘기를 왜 하냐면 저 또한 시간이 흐르면 그렇게 사라지는 소설가 중의 하나일 거라고 생각하기 때문입니다. 이것은 자기비하도 아니고 현재를 포기하는 것도 아닙니다. 글을 쓰는 한 저는 제게 주어진 모든 조건의 최전선에서 싸울 것입니다. 하지만 지금의 제가 제 글을 보면 그렇다는 것입니다. 그 사실을 인정하는 것이죠. 그런 저의 소설을, 오로지 어린 시절 저의 담임선생님이란 인연 때문에 과분하게 사랑해주신 선생님께 깊은 감사를 드립니다. 우등생도 열등생도 아닌 평범한 한 아이, 평범한 소설가인 저에게 선생님은 끝까지 너무 감당하기 힘든 숙제를 내주시고 떠나가신 것입니다. 어른이 되었음에도 여전히 모든 일에 있어 불안과 두려움을 떨쳐내지 못하는 게 바로 저입니다. 아직도 다른 이의 괜찮은 소재를 보면 도둑질해서 내 글로 쓰고 싶은 충동에서 자유롭지 못하니 중학교 이학년 때의 첫 백일장에서 저는 한 발짝도 옮겨놓지 못한 거나 마찬가지인 것입니다. 그러니 선생님…… 다시 돌아오셔요. 못다 읽은 제 반성문을 마저 읽어주셔야지요.

선생님.

아주 뒤늦게 반성문을 썼던 시간이 잊히지 않을 것 같습니다. 사근진에서 선생님과 함께 배를 기다린 일도 오래 기억에 남겠지요. 이제 선생님은 선생님이 가고 싶어 하셨던 그 시절로 돌아가셨으니 또 우리 같은 말썽꾸러기들을 만나시겠네요. 그중엔 저처럼 백일장에서 남의 글을 가져오는 녀석도 분명 있겠지요. 이번에도 500매의 반성문을 쓰라 하실 건가요? 설마 선생님께서 직접 소설을 쓰시는 건 아니겠지요? 재밌을 것 같아요, 선생님의 소설. 선생님의 반성문. 완성되면 저에게도 꼭 보여주셔야 됩니다. 그래야 억울하지 않을 것 같아요.

그날 밤, 사근진에서 배를 기다리며 저는 이런 생각을 했습니다. 늦게나마 반성문을 쓰면서 비로소 제가 꽁꽁 숨겨놓았던 어린 시절을 햇살 앞에 꺼내놓고 들여다보면서 화해할 수 있었다고. 그리고 이런 생각도 함께 했지요. 만약 그때 백일장에서 제가 다른 사람의 글을 훔쳐오지 않았다면 어떻게 됐을까? 반성문 500매를 모두 써서 제출했더라면 또 어떻게 되었을까? 지금 생각으론 그때 글을 훔치고 반성문을 쓰지 않은 게 오히려 잘한 일이었다고 여겨집니다만……

선생님.

며칠 전에 서울에 다녀왔습니다. 오래 소설을 써왔는데 이즈막 들어 상복이 트인 어느 소설가의 문학상 시상식 자리였지요. 부러움과 축하의 박수를 함께 보내며 술잔을 기울이고 있는데, 어느 순간 머릿속이 하얗게 변하기 시작하더군요. 그 소설가의 수상소감을 듣고 있을 때였지요. 사실 세상의 수상소감이란 게 다 그렇고 그런 거 아니냐고 미리 판단해버린 채 옆 사람과 잡담이나 나누고 있다가 불시에 벼락을 맞은 거나 마찬가지입니다. 저는 술잔을 놓고 단상에 서 있는 그 소설가의 얼굴을 바라보지 않을 수 없었습니다. 그는 소설가가 되고 난 뒤의 어떤 악몽에 관해 말하고 있었지요. 어린 시절 다른 학생이 쓴 글이 너무 마음에 들어 일부분을 도둑질했는데 그 글이 덜컥 학생잡지에 실린 적이 있었다고. 다행히 그 사실이 발각되진 않았는데, 이후 두고두고 거기에서 비롯된 악몽에 시달렸다고 하더군요. 더군다나 나이가 들어 정식으로 소설가가 된 뒤부턴 악몽뿐만이 아니라 글을 쓰는 일 자체까지 위협할 정도였다고 하더군요. 어느 날 꿈에선 그 원작자가 찾아와 지금까지 소설을 써서 번 돈의 절반을 내놓으라고 협박까지 하더라나요. 물론 꿈이었지만 그 소설가는 결국 통장에 들어 있는 돈을—사실 소설을 써서 얼마나 벌었겠습니까—빼앗기다시피 모조리 건네주었다고 하데요. 그런데 문제는 한 번으로 원작자의 방문이 끝나지 않았던 모양입니다. 틈만 나면 꿈속으로 찾아와 돈을 요구하고, 들어주지 않으면 언론에 공개하겠다며 행패를 부리더란 겁니다. 그 소설가는 거의 노이로제 지경에까지 도달했다고 하더군요. 이상한 것은 그런 도둑질의 기억 때문에 소설가가 되는 동시에 이름을 필명으로 바꿨는데도 불구하고 어떻게 원작자가 자신을 찾아냈는지 알 수 없었다며 한숨과 웃음을 흘리더군요. 시상식 자리에 모인 많은 문인들이 그의 한숨에 박수를 치며 포복절도를 했지만, 선생님, 저는 웃을 수가 없었습니다. 술잔만 비웠지요. 그 소설가는 계속 이야기를 이어갔습니다. 그동안 아무에게도 말하지 않았던 것을 이 자리에서 처음으로 꺼내는 거라고. 그리고 아주 늦었지만 진심으로 그 원작자에게 사죄를 구한다고. 그 도둑질 이후 자신도 그 기억으로 오래 괴로워하고 죄책감에 시달렸으니 이제 그만 화를 풀고 꿈속으로 찾아오지 말아달라고 정말 정중히 고개 숙여 인사를 하더군요. 오늘부터 자신은 지금까지 쓰던 필명을 버리고 본명인 박○○으로 소설을 쓰겠다고 공표를 하는 것으로 수상소감을 마쳤답니다.

선생님, 제가 왜 이 이야기를 하는지 눈치 채셨지요? 그렇습니다. 박○○이란 이름은 바로 제가 글을 훔친 그 학생잡지에 실린 글의 저자와 이름이 같았습니다. 세상이 너무 좁은 건가요. 아니면 의당 그렇게 되는 것인가요. 같은 '정류장'에 드나든 사람이 대체 얼마나 될까요. 저는 그의 '정류장'을 훔치고 그는 또 다른 누군가의 '정류장'을 훔쳤으니…… 시상식이 끝나고 이어진 뒤풀이 자리에서 저는 취기에 기대 역시 만취한 그 소설가에게 말을 건넸지요.

"형, 나도 그 비슷한 일로 지금까지 반성문을 쓰고 있습니다."

"반성문을요?"

"예. 눈 내리던 겨울 정류장에서 만난 소녀의 이야기로부터 시작되는 반성문이죠."

"……그 글을 읽었군요!"

"읽었죠. 나 또한 형의 글을 내 글 속으로 훔쳐왔고."

"……하하."

"……하하."

선생님, 그날 밤 저와 그 소설가는 새벽이 밝아올 때까지 이야기를 멈출 수 없었습니다. 그럴 수만 있다면, 함께 그 글을 처음 쓴 사람을 찾아가 용서를 구하고 술 한잔 마시고 싶었지만 그럴 수가 없었지요. 박○○ 소설가는 아무리 기억을 떠올려도 어느 책에서 '정류장'을 읽었는지, 작가의 이름이 무엇인지 기억할 수 없다고 하더군요. 다만 그 원작자 역시, 확실하진 않지만, 당시 학생이었을 거란 추측밖에는. '정류장'의 원작자는 더 깊이 숨어버린 것인가요? 아니면 너무나 가까운 곳에서 모르는 척 가만히 웃고만 있는 것일까요?

"김 형, 어쨌든 우리 두 사람은 시작부터 표절 작가인 셈이군요."

"그렇네요."

"전 어제 세상에 대고 실토했으니 김 형도 반성문 잘 마무리하십시오."

우리는 부석부석한 얼굴로 다음 날 아침 악수를 나누고 햇살에 쫓기듯 헤어졌답니다.

선생님.

선생님은 제게 이렇게 말씀하셨지요. 저의 글이 어딘가에서 무엇인가에 막혀 있다는 생각이 드신다고. 선생님 말씀처럼 그 모든 것이 전적으로 그동안 쓰지 않고 버틴 반성문 때문만은 아니겠지만, 필시 가장 핵심적인 곳에 자리하고 있음은 분명할 것입니다. 백일장에서 다른 이의 글을 훔쳐온 사실과 부닥뜨리지 않으려고 그동안 피해 돌아다닌 게 사실이니까요. 그뿐입니까. 살아오면서, 글을 쓰면서, 어떤 벽과 마주칠 때마다 그 벽을 뚫고 나갈 각오를 하는 게 아니라 저도 모르게 주변을 둘러보며 다른 사람이 만들어놓은 사다리를 찾는 게 버릇이 되었지요. 스스로 애써서 한 낱말, 한 문장, 한 이야기를 찾아야 함에도 불구하고 슬그머니 차선책에 눈독을 들이다가 결국 손을 잡곤 했습니다. 그러면서 그나마 지금 여기까지 간신히, 겨우, 구사일생 도착한 겁니다. 운이 좋아도 엄청 좋았던 것이지요. 하지만 그 운이라는 것이 과연 어디까지 저와 함께 동행을 하겠습니까. 언제 마음을 바꿔 먹고 떠나버릴지 아무도 모르는 것이지요. 그것 때문에 늘 불안해하면서도 저의 게으름은, 나약한 마음은, 그 벽과 정면으로 대면하는 걸 피해왔던 겁니다. 그때, 중환자실의 침상에서 참다못한 선생님께서 결국 저를 부르신 거지요. 마지막 회초리를 든 채.

선생님, 그래서 어제는 창고 속에 숨겨두었던 그림 한 점을 꺼내 거실로 들여왔습니다. 오래전 함박눈 퍼붓던 그 갈림길의 정류장에서 제게 입맞춤을 했던 그 애가 선물한 그림 말입니다. 그 애는 지금 화가가 되어 있습니다. 제가 소설가가 된 걸 어떻게 알고 연락을 해왔더군요. 하지만 다시 만나는 게 처음에는 반가웠지만 시간이 흐를수록 껄끄러운 마음으로 변하는 것 또한 어쩔 수 없었습니다. 선생님과 그 애만 저의 오래된 비밀을 알고 있었으니까요. 더욱이 화가가 된 그 애가 선물한 그림이 어떤 내용인지 아십니까? 바로 함박눈 퍼붓던 날 섬처럼 떠 있던 정류장에서 서툰 입맞춤을 하는, 교복을 입은 두 중학생을 그린 것이었습니다. 제가 어찌 그 기억을 잊어버릴 수 있겠습니까. 하지만 그 애가 선물한 그림을 집 안에 걸어둘 용기는 없었지요. 이제 그 그림을 꺼내 잘 닦아 벽에 걸어놓았으니 이 또한 선생님 덕분입니다.

"뭐, 저 그림이 그 애가 그려서 선물한 거라고?"

아내의 추궁입니다.

"응. 당신과 결혼하기 전에 받은 그림이야."

"흠…… 저 그림 속 남학생은 당신이고, 여학생은 그 애란 말이지?"

"아마도…… 그렇겠지……"

"요즘도 만나?"

"아니. 마음에 안 들면 떼서 도로 창고로 가져갈까?"

"뭐…… 그럴 것까지야. 나 그렇게 속 좁은 여자 아냐. ……보기 좋네!"

"집으로 초청해 밥 한번 같이 먹을까?"

"그러지 뭐. 근데, 결혼했어?"

"아직."

"초청해. 당신 첫사랑 얼굴 좀 봐야지."

아내는 일부러 흥흥거리며 부엌으로 사라지네요. 아, 선생님, 오해하지 마세요. 제 말은 사실입니다. 언제 집으로 초청해 정식으로 아내에게 소개해줄 생각입니다. 아내도, 그 애도 아마 흔쾌히 받아들일 겁니다. 그 자리에 선생님도 함께 하시면 좋을 텐데……

선생님.

선생님이 돌려주신 저의 첫 글, 살아가면서 제가 제 발에 걸려 넘어질 때마다 저에게 큰 힘이 되어줄 겁니다. 시인 신달자 선생님은 어느 젊은 시인에게 보내는 편지에다 이렇게 썼더군요. '성실성을 이기는 운명은 없다'고. 그 말은 마치 저같이 평범한 아이, 평범한 학생, 평범한 남편, 평범한 소설가에게 들려주는 위로의 말인 것 같아 고맙기 그지없습니다.

선생님, 안녕히 가십시오.

27

김○○ 작가 보시게.

이 편지가 언제 김 작가에게 도착할지 모르겠네. 아마 장례식이 끝나고 아내가 내 방을 정리하다가 발견하면 그때 부치겠지.

이제 나는 내 시간을 정리해야 할 때가 다가왔음을 느낀다네. 두렵기도 하고 아쉽기도 하다네. 그게 인간이겠지. 내 인생의 마지막에 기꺼이 참가해준 자네에게 거듭 고맙다는 말을 전하네. 사실 죽음을 목전에 둔 사람이 제자에게 오래전 쓰지 않은 반성문을 쓰라고 우긴다는 게 말이 되는가. 노인네의 망령에 가까운 요구를 들어주다니! 자네는 분명 소설가임이 틀림없다네. 그래서 은근히 기뻤다네. 그리고 자네의 소설을 끝까지 읽지 못하고 가는 나를 용서하시게. 그러고 싶은 마음은 굴뚝같은데 그것만은 내 의지로도 어쩔 수 없는 모양이네. 다 읽은 걸로 쳐주었으면 고맙겠네. 그동안 자네가 발표한 모든 소설을 읽었으니 그래도 나만한 열혈독자가 없을걸세. 거의 죽기 직전까지 자네 글을 읽었다고 할 수 있으니 충분히 그럴 자격이 있지 않은가. 아니야. 자네는 열혈독자로 여기는 게 아니라 혹시 스토커로 보는 거 아닌가? 그래도 할 수 없고.

이제…… 마지막 얘기를 해야 하는데, 나이를 먹었는데도 쉽게 입이 떨어지지 않는다네. 부끄러움은 인생의 끝자락까지 생생하게 살아 숨쉬는 모양이네. 하지만 아무리 부끄러워도 할 얘기는 하고 가야지 여한이 없을 것 같네. 옛날 내가 자네에게 요구한 500매의 반성문은, 사실 사심이 많이 들어간 면이 없지 않다네.

대학 시절이 끝나갈 무렵 나는…… 대학신문에 그 시대를 비꼬는 소설 한 편을 발표했다가 어느 날 귀갓길에 사복을 입은 군인들에게 잡혀 어둡고 눅눅한 방으로 끌려가 인간으로선 감내하기 힘든 모욕을 겪었다네. 그뿐만이 아니라 내가 쓰고 싶었던 글과 교직을 원활하게 맞바꾸는 조건으로 지장까지 찍는 수모를 당하고서야 그 방에서 나올 수 있었다네.

아직 정식 소설가도 아닌, 문학청년이었던 내가 무슨 자격으로 소설을 팔아먹는단 말인가. 나는 그 부끄러움을 견딜 수 없었다네. 아마 그 울분을 참지 못하고 있다가 어느 날 불똥이 자네에게 튄 거라고 보네. 중학교 이학년 학생이 도저히 감당하기 힘든 원고지 500매의 반성문으로 얼굴을 바꾼 거지. 그 혹독한 분량을 견뎌내야만, 자네는 나 같은 바보짓을 하지 않을 것이라는 고집으로. 그래서…… 훗날 자네가 소설가가 된 게 너무 고맙고 반가웠다네. 이런! 털어놓으니 이렇게 홀가분한 것을!

이제 이 편지를 마쳐야겠네. 부디 건필하시게.

선생님이 돌아가시고 보름쯤 지나 내게 배달된 편지였다. 아내와 나는 소리 내어 한 문장씩 번갈아 읽었다. 연신 눈물을 닦으며. 편지 낭독이 끝나자 나는 비로소 알았다. 다른 학생의 글을 내 글인 양 훔쳐 사용한 것에서 출발한 이 반성문은 그 뒤 삼십 년이라는 시간의 흐름 속에서 선생님과 내가 함께 쓰고 있는 인생의 반성문이라는 사실을.

"할 말이 있어."

"……?"

나는 눈물에 젖은 아내의 눈을 들여다보았다.

"저기……"

"뭔데?"

"나…… 아기 가졌어."

"……!"

창밖 마당 귀퉁이의 목련, 목련꽃 떨어진 자리에 연둣빛 잎사귀들이 샘처럼 솟는 봄날이었다.

진부의 송어낚시

한 뼘쯤 되는 넓이의 얼음구멍에서 찰랑거리던 물에 살얼음이 꼈다. 서쪽에서 불어오는 눈보라가 만만찮다. 마치 등덜미로 살얼음이 끼는 기분이다. 가느다란 낚싯줄은 고패질을 멈춘 지 오래여서 더 이상 움직이지 않는다. 당연히 손도 시리고 발도 시리다. 볼은 말할 것도 없다. 얼음구멍을 앞에 놓고 좌선에 든 월정사 스님들처럼 앉아 있은 지 벌써 두 시간이 지났건만 송어와 눈도 마주치지 못했다. 꼬리도 못 봤다. 나, 열여덟 고3 정미, 1월의 혹한 속에서 대체 무얼 하고 있는가. 그것도 하필 얼음장 위에서. 친구들은 모두 따스한 곳에서 아르바이트를 하고 있을 텐데, 나는 벌써 며칠째 콧물을 흘리며 송어낚시라니. 송어낚시 아르바이트라니. 경천동지할 일이 벌어진 것이다. 모든 건 칼바람 불던 그날 담임과 싸우고 오대천을 가로지르는 저 다리를 건너다가 평소의 나답지 않게 무엇에 홀린 듯 다리 아래를 바라본, 그것도 겨울철 물고기처럼 기름기가 잔뜩 낀 내 두 눈 탓이다. 그날 나는 다리 위에서 은빛 무지개송어라도 보았단 말인가. 그나저나…… 오늘도 꽝일까?

껌팔이 아저씨는 변함없이 입장권을 사지 않고 그물울타리를 비집고 얼음장으로 들어왔다. 견지낚싯대를 한 손에 든 채. 주머니에는 분명 소주 한 병이 들어 있을 것이다. 축제위원이나 진행을 맡은 아르바이트생들도 아예 포기한 눈치다. 하긴 뭐, 누구에게도 그 정도 아량은 있을 것이다. 장날마다 호루라기를 입에 물고 붉은 지휘봉으로 교통정리를 하는 사람이니 면장이 나서서라도 무료입장을 권할 법도 하다. 교통정리를 제대로 하는 것인지는 의심이 가지만. 그 외의 시간은 터미널에서 껌을 팔고 상가 앞에 쪼그려 앉아 아주 빈약한 안주로 소주를 마신다. 가끔은 그대로 꼬꾸라져 잠든 모습을 본 적도 있다. 아주 가끔은 피를 흘리며 쓰러져 있어 119 차량이 와서 싣고 가기도 했다. 직장이나 다름없는 터미널에서 이 지역 사람들은 아저씨와 눈을 마주치려 하지 않는다. 눈만 마주치면 아주 천천히 다가와(사정은 모르지만 몸이 불편하다) 껌을 내밀기 때문이다. 어떤 이들은 다가오는 동안 슬금슬금 도망가고, 또 다가오면 슬금슬금 자리를 옮기며 버스를 기다린다. 하지만 아저씨는 얼음장 위에서는 절대 껌을 팔지 않았다. 오직 송어낚시에만 몰두한다. 가끔 소주를 마시며.

진부의 송어낚시는 캄캄한 겨울밤에도 계속된다.

낚시꾼 : 송어축제가 아니고 송어 얼음낚시인가 봐요. 뭐 축제가 돈도 많이 들고 송어 구경도 못했어요. 개울에다 송어 몇 마리 풀어놓고 거기서 뭐 하라는 건지…… 그건 그렇다 치고 축제장 음식 파는 곳에서 떡국을 시켰는데요, 국물에 떡 몇 개 넣어 4천 원 받아먹고, 송어초밥이라고 나온 것은 만든 지 얼마나 됐는지 모르겠지만 딱딱해서 먹을 수 없었어요. 위생 상태도 영 엉망이더군요.

송어 얼굴 : 저희 가족도 추운 날인데도 불구하고 11시부터 오후 5시까지 낚시를 했으나 송어 얼굴도 보지 못하고 고생만 하다 왔음. 루어 낚시터에선 포클레인이 시끄럽게 작업을 하고 있고.

떡국 집 사장 : 떡국 4000원 받아먹고 초밥 팔아먹은 사람입니다. 떡국엔 떡과 국물 들어가는 거 당연한데 뭐가 문제일까요? 양이 적으면 더 달라고 하면 되는데, 말도 못하고 있다 나가서 웬 투정? 백화점에서 초밥 먹어보기나 했는지 모르겠소. 전문 일식집에선 아예 못 먹을 주변머리처럼 보이는군요. 매사에 부정적이고 삐딱한 당신의 낚시에 걸릴 멍청한 송어가 이곳엔 아쉽게도 없네요.

지나가는 사람 : 떡국 집 사장 웃기네!

피라미 : 헐! 떡국 집 사장님, 알려주셔서 감사!!!

사실 나의 임무는 송어낚시가 아니다. 얼음구멍 앞에 앉아 송어낚시를 하는 사람들의 온갖 말들을 낚아 올려 그중 월척이다 싶은 것들을 추려 축제위원들에게 전달하는 게 주 임무다. 다른 아르바이트생들도 나의 정체와 임무를 알지 못하기에 일종의 스파이, 송어 스파이라고 보면 된다. 어떻게 여기까지 왔을까. 나는 한 번도 송어낚시터의 스파이가 되겠다는 꿈을 꾼 적이 없다. 그날 좁은 면 소재지를 쏘다니다가 마지막으로 도착한 다리 위에서 나는 내게 말했다. 정미야, 더 이상 갈 곳이 없구나. 그러자 담임의 질문이 다시 되살아났다.

"왜 그랬는데?"

명색이 국어 선생님이자 시인인 담임의 입에서 나온 참으로 촌스런 질문이었다.

"그냥 나왔어요."

"그냥? 수능 시험을 보러 간 수험생이 이교시가 끝나자 나머지는 포기하고 그냥 나왔다고? 그냥?"

"예."

"그래도 뭔가 그럴 듯한 이유 한 가지는 내게 말해줘야 하지 않아?"

"설명이 안 돼요. 그냥…… 더 이상 그 자리에 앉아 있기 싫었어요. 선생님은 시인이니까 제 마음을 알 수 있잖아요."

"몰라. 니가 『이방인』의 뫼르소니?"

"예?"

"아니다. 그래, 다시 수험장으로 되돌아갈 수도 없고, 대학 진학은 어떻게 할래?"

"안 갈래요."

"못 가는 거지!"

이후의 대화는 떠올리기조차 민망하다. 송어축제장의 송어낚시에 대한 논란과 별반 다를 게 없다.

그날 다리 위에서 나는 맞바람을 맞으며 다리 아래를 내려다보았다. 살을 에는 듯한 추위 속에서 낚시를 하는 사람들을. 한겨울에, 그것도 가장 추운 얼음장 위에서 대체 뭐 하는 짓이란 말인가. 수능을 보는 것도 아니고.

무엇이 그날 내 마음을 다리 아래로 끌어내렸을까. 얼음장 주변을 기웃거리던 내게 견지낚싯대를 주고 간 사람은 누굴까. 왜 하필 그때 껌팔이 아저씨가 나타나 입장료를 내지 않고 들어가는 방법을 몸소 보여준 것일까. 그리고 나는 한 시간여의 낚시 끝에 송어는 잡지도 못하고, 진행을 맡은 아르바이트생도 아닌 축제위원에게 껌팔이 아저씨와 함께 붙잡히고 말았다. 그렇게 송어축제장의 송어 스파이가 되었다. 축제위원에게 던진 한 마디 말 때문에(물론 송어를 잡지 못하고 투덜거리며 떠나간 다른 낚시꾼들이 뱉어놓은 말이지만).

"두 마리 이상 못 잡게 하는 것보다 실력껏 잡게 하되 가져가는 송어만 개인당 두 마리로 제한해야 된다고 봅니다. 나머지는 못 잡은 분들께 나눠주게 하면 서로가 좋잖아요."

그러나 껌팔이 아저씨는 스파이가 되지 못했다.

"이 글을 쓴 논설위원이 내 친구야."

축제위원은 지역신문의 사설을 정성껏 오려서 게시판에 붙였다.

"거기 빨간색 볼펜으로 밑줄 친 곳을 한번 소리 내서 읽어봐."

분량이 많지도 않은 글에 밑줄은 빨간색, 파란색, 녹색으로 각각 나뉘어 있다. 축제위원은 몹시 지친 얼굴이다. 아마도 매일 이어지는, 송어 낚시꾼들의 빗발치는 항의 때문일 것이다. 게시판에 붙여놓은 사설만이 그의 위안인 것 같아 나는 큰소리로 읽어주기로 작정한다.

"평창에 송어가 들어온 해는 지난 1965년이다. 미국에서 공수돼 온 송어알이 물 좋은 석회암 골짜기인 평창읍 상리의 당시 도립양어장, 곧 지금의 평창송어장에서 부화, 양식에 성공한 것으로 시작된 평창 송어의 역사는 그것 그대로 대한민국의 송어 역사가 된다. 이런 한국 송어의 출발지에서 그동안 송어를 대상으로 삼는 어떤 행사도 없었다는 점에 겨울철이 되면 주민들은 늘 안타까운 마음이었다."

"어때?"

"예…… 뭐, 우리나라 송어의 역사네요."

"저 글을 쓴 놈이 박사야. 역시 박사가 틀려. 우리가 깜빡한 걸 딱 집어내잖아. 그 옆에 붙여놓은 것도 한번 읽어봐."

옆에 붙여놓은 것은 낚시책에서 복사한 것이다.

"송어는 탐식성이 강하고 성질이 사나우며 육식을 주로 하지만 잡식성이다. 낚시에 걸렸을 때의 강렬한 저항은 타 어종에 비교할 데가 없다."

그리고 '송어는 상냥하고 아름다운 몸매에 섬세한 성격의 품위 있는 물고기'라는 좀 이상한 내용의 까다로운 송어낚시에 관한 설명을 나는 웃음을 참으며 마저 읽었다.

"송어가 잡히지 않는다고 난리 치는 인간들한테 저 얘기들을 홍보할 방법이 없을까?"

앗! 축제위원이 마침내 송어 스파이로서의 나의 자질을 시험하려 한다는 것을 본능적으로 알아챘다. 그런데 송어낚시 홍보를 스파이가 고민해야 한단 말인가? 머뭇거리는 사이 축제위원이 다시 묻는다.

"그래, 너는 그동안 송어를 몇 마리나 낚았냐?"

"……한 마리도 못 낚았어요."

"그렇구나. 그 껌팔이 녀석은 꽤 낚았다고 하던데……"

위기다. 점 찍어놓은 휴대폰을 장만하려면 머리를 굴려야 한다.

"저기…… 목소리 좋은 사람을 찾아서 저 내용들을 방송으로 반복해서 들려주는 게 어떨까요?"

넓은 얼음장 위의 낚시꾼들은 마치 과거시험을 보듯 얼음구멍에 몰두하고 있다. 낚싯대를 들었다 내렸다 반복하며. 수시로 살얼음을 건져내며. 간혹 펄떡거리는 송어를 얼음장 위로 건져낸 사람의 감탄 소리가 들리면 일제히 그곳으로 시선을 돌렸다가 천천히 자신의 얼음구멍으로 되돌아온다. 어떤 이는 아예 그 옆으로 자리를 옮기기도 한다.

그나저나…… 나도 이제 한 마리 건져내야 하지 않나. 하루에도

진부의 송어낚시 189

몇 번씩 자리를 옮기고 다양한 종류와 크기, 색깔의 루어, 웜, 스푼을 사용했지만 송어는 입질도 하지 않는다. 날씨가 풀리고 대학 원서 접수가 끝나면 친구들도 낚싯대를 들고 얼음장 위로 몰려들 텐데 심히 걱정된다. 그렇다고 낚시는 위장이고 사실은 스파이 활동 중이라고 밝힐 수도 없지 않은가. 친구들은 내가 세속을 떠나(킥킥!) 매일 낚시 삼매경에 빠져 있다고 소문을 퍼뜨리는 모양이다. 나 참, 어디를 가나 사는 게 고행이다. 그동안 고패질을 얼마나 했는지 팔뚝에 알이 뱄을 정도니 말이다.

다시 그나저나…… 지금 나는 얼음구멍 앞에 앉아 낚싯대를 들었다 내렸다 하고 있지만 이 겨울이 지나면 과연 어디서 무엇을 하고 있을까? 송어축제는 끝났지만 여전히 송어 스파이의 자격으로 낚싯대를 들고 계곡을 탐험하고 있을까. 외로이. 네시 반이 지나니 해가 진부의 서쪽 사남산(射南山)을 넘어간다. 얼음장 위로 그늘이 내려온다. 춥다. 수능 시험장에서 시험을 포기하지 말고 끝까지 버틸 걸 그랬나 보다. 양말을 두 켤레나 신었는데도 발이 시리다. 손이 곱아 고패질을 포기한다.

"낚시는 잘 돼?" (으악! 담탱이가 찾아왔다!)

"웬 일이세요?"

"니가 낚시를 제대로 하는지 확인하러 왔다. 그래, 잡은 송어는 어디 있냐?" (왜 그 말을 안 하나 했다!)

"요 아래에 있어요."

나는 곱은 손가락을 간신히 펴서 물속이 보이지 않는 얼음장을 가리켰다.

"송어낚시도 좋지만 대학 가려면 원서도 써야지."

수능 시험을 2교시까지 보았는데 내가 갈 대학이 있단 말인가. 아무래도 담임은 나를 대학 청소부로 팔아넘기려는 모양이다. 아, 그나저나 밤의 송어낚시터는 여전히 시끄럽다.

떡국 만세 : 떡국 집 사장님, 저는 떡국 사 먹은 사람은 아닙니다. 그러나 글을 읽어보니 너무 지나치시네요. 감정이 안 좋은 건 이해가 가지만 그래도 불만을 표현한 분한테 주변머리가 없다는 얘긴 좀 듣기 거북하네요.

떡고물 : 떡국님이 말씀하시는 그런 삐딱한 또라이들도 님의 고객입니다. 그런 고객을 만족시키고 또 그 삐딱한 분들에게서도 수익을 창출해내겠다는 것이 서비스업의 기본 마인드입니다. 외람되지만 다른 직종을 찾아보시는 게 좋을 듯합니다.

어이없음 : 어떻게 여러분들의 손님에게 그런 말씀을. 주변머리, 멍청이, 편협함, 삽질, 경고…… 이 행사를 위해 음지에서 묵묵히 고생하신 다른 분들의 노력을 물거품으로 만드신 겁니다.

유턴 : 떡국 집 사장님의 말씀으로 인해 많은 사람들이 발길을 돌리게 되었군요. 저도 마찬가지로 발길을 돌립니다.

무서운 송어낚시 : 정말 기분 더럽군요. 정중히 그리고 엄숙히 요구합니다. 운영진님, 공식적으로 사과하십시오.

"정미, 니 생각은 어떠냐?"

"……사과를 해야 할 것 같은데요."

"떡국 집 사장 놈 때문에 얼마 없는 내 머리카락 다 빠진다."
"근데 떡국 집 사장님이 직접 사과를 해야 하는 거 아닌가요?"
"그놈은 고집불통 송어야!"

축제위원 : 여러분들의 글을 읽고 많은 것을 생각해보았습니다. 송어축제의 발전을 위하여 여러 의견을 주셔서 대단히 고맙습니다. 축제위원들뿐 아니라 진부 면민 1만여 명이 많은 시간 축제의 성공을 위해 참으로 열심히 노력했습니다. 열정과 후원만으로 동참하다 보니 다소 의욕이 지나치고 더불어 부족한 점이 발견되고 있습니다. 축제위원으로서 정중히 사과를 드립니다.

"약하냐?"
"뭔 일이 벌어지면 나중에 정치인이 뭉뚱그려서 유감 표명하는 거랑 비슷하네요."
"그게 대부분의 삶이고 정치지."

오랜만에 추위가 풀린 오후, 낚시꾼들은 계가가 끝난 바둑판에 놓여 있는 바둑알처럼, 넓은 얼음낚시터를 꽉 채운 채 낚시를 한다. 옛날 어떤 이가, 낚시의 목적이 반드시 물고기를 잡는 데 있지 않다, 하였건만 낚싯대를 든 사람들의 눈빛은 절절하다. 여러 수를 낚지는 않더라도 지불한 입장료만큼의 송어는 만나고 싶다고 씌어 있다. '낚시가 고기를 낚는 데에만 목적이 있는 게 아니라 자연을 관조하고 명상의 시간을 통해 정신건강을 살찌운다'는 『낚시 백과』의 대의를 겨울날 얼음판 위에서 함께 온 자녀들과 아내에게 적절하게 설명하기란 쉽지 않을 것이다. 옆자리의 낚시꾼들은 대의(大義)의 마지막 구절 그대로 '더불어 물고기를 낚는 즐거움'을 만끽하고 있으니까. 날씨가 풀렸지만 겨울은 겨울이기에 송어가 잡히면 손과 발이 덜 시리겠지만 나머지 사람들은 얼음판 위에서 손을 비비고 발가락을 꼼지락거리며 아직 한 마리도 끌어내지 못하는 가장을 슬슬 한심한 눈으로 바라보기 시작한다. 가장 낚시꾼의 고민은 여기서부터 깊어진다. 저 인간은 대체 어떤 채비를 했기에 연달아 송어가 올라온단 말인가. 혹시 금지돼 있는 생미끼를 몰래 쓰는 건 아닐까. 내가 자리를 잘못 잡은 건가. 역시 식구들과 함께 오는 게 아니었어. 혼자 고독을 씹으며 하는 낚시가 진짠데 말이야. 근데……아무리 생각해도 이 자식들이 입장료만 받아먹고 송어는 몇 마리 안 풀어놓은 것 같단 말이야. 아빠, 배고파! 조금만 참아. 우리 송어는 언제 낚을 거야? 당신 실력으론 안 될 것 같은데 이제 그만 하지. 본전은 뽑아야지. 당신은 애랑 먼저 나가서 뭐 좀 사 먹어. 난 한 시간만 더 하고 갈 테니까.

송어낚시꾼, 내일 진학상담 있으니 학교로 와라 네가 잡은 송어 회 한 접시 들고

담임의 문자 메시지다! 얼음낚시터까지 찾아와 밥까지 사줬는데 안 가면 삐치겠지. 그나저나…… 내가 갈 대학이 과연 있을까?

샘, 송어는 아직 못 잡았어요 잡은 다음에 가면 안 될까요?

그나저나…… 보아하니 오늘 밤의 송어낚시터는 또 시끄럽겠다.

난 꼭 먹어야 한다

뭐야? 나보고 다른 사람이 잡은 걸 구걸이라도 하라는 거야! 하

지만 내 시선은 잡은 송어를 얼음 위에 아무렇게나 던져놓고 있는 껌팔이 아저씨에게서 돌아오지 않는다. 송어낚시터의 규칙 중 하나는, 낚은 고기를 두 마리 이상 밖으로 가져갈 수 없다는 것이다. 그렇다면 껌팔이 아저씨가 터미널에서 사람들에게 쭈뼛거리며 다가가 껌을 내밀며 말을 건넸던 것처럼 나도 해볼까.

아저씨, 송어 한 마리 제게 주시면 안 돼요?

강원 도민 : 송어낚시 축젠데 송어가 안 잡힙니다. 그러면 송어축제에 눈썰매 타러 오란 말씀인가요? 고기가 비싸다고 많이 못 풀어놓을 거면 왜 축제를 열었는지요. 전국에서 하루 시간 내서 오시는 분들 고생시키려고 열었나요. 강원 도민으로서 창피합니다. 차라리 입장료 올리고 고기 더 풀어놓으세요.

축제위원 : 축제장에는 여러 가지 체험 코너가 있는데, 그중 중심적인 것이 송어낚시 체험입니다. 그러나 지적하신 것처럼 같은 도민이라고 해서 창피를 당할 만큼 그렇게 빈약하거나 졸속으로 행사를 치르지는 않습니다. 잘못 생각하면 인제 빙어축제나 화천 산천어 축제 쪽 사람으로 오해받습니다.(아, 축제위원이 마침내 사고를 치는구나!)

된장서리(떡국 집 사장) : 만족하지 못하셨군요. 낚시에 실패하셨군요. 다음 기회에 한 번 더 도전하시기 바랍니다. 처음으로 하는 행사라 고객만족을 위해 일반 유료낚시터의 네 배가 넘는 빈도수의 송어를 풀었으며 매일 보충 방류를 하고 있습니다. 적응을 위해 행사 일주일 전부터 송어를 풀었고 밥을 주지 않고 굶기고 있습니다. 회센터에선 미처 회를 떠주지 못할 정도로 많은 송어가 잡히고 있습니다.

　송어 킬러 : 횟집에서 회를 뜨는 건 70% 파는 것이었습니다. 어따 거짓말 합니까. 거기서 1시간 30분 동안 술 마시면서 본 겁니다. 잡아오는 사람은 30%밖에 안 되드만. 그리고 오전 8시부터 오후 4시까지 있었는데 송어 안 풀던데요. 그 뒤에 풀었다, 이런 식으로 얘기하지 마시죠.

　그건 아니져 : 회를 떠주지 못할 정도로 송어가 잘 잡힌다 하시는데 그것은 일반인의 기준이 아니죠. 루어나 플라이 전문 채비를 운용할 경우입니다. 그런 전문가 분들이 수십 수씩 잡아 못 잡은 사람들에게 나누어 주는 거죠. 회 뜨러 가는 분들이 모두 송어를 직접 잡은 거라는 가설은 지나치십니다.

　된장서리 : 낚시를 대충 아시는 분이군요. 낚시터 입장 시 개인 채비 허용하고 있습니다. 긍정적인 시각으로 보시기 바랍니다. 웜으로 수십 수씩 잡아 나눠준 분이 계시다고 인정하면서 고기 안 풀었다고요? 앞뒤가 맞지 않는 삽질 그만하시기 바랍니다. 더 이상 물 타기 하지 말기를 경고합니다.

　무서운 된장 : 웜으로 수십 수씩 잡은 사람은 구멍치기라는 행위를 한 사람이죠. 구석진 부분에 포인트를 잡은 사람. 모든 사람이 구석에서 낚시할 수 있나요? 추운 겨울날 많이 잡은 분 앞에서 검은 비닐봉지 들고 송어 얻으려고 기다리는 초보 낚시인들 입장에 서 보셨는지요? 깡패 집단도 아닐 것인데 축제 참가자들한테 삽질, 경고라니요? 그럴 거면 아예 낚시터도 닫아 버리십시오.

　학교로 가는 발걸음은 무겁다. 다리 위에서 내려다보는 송어낚시터에는 변함없이 낚시꾼들로 북적거린다. 나는 아식까지 한 마리의 송어도 잡지 못했다. 겨울이면 눈보라만 횡행하던 이 작은 마을에 왜 갑자기 송어 떼가 나타났는지 모르겠다. 그리고 사람들이 왜 저렇게 송어 떼에 열중하는지도 모르겠다. 마치 송어를 닮은 새로운 아이돌 가수가 나타난 것처럼 어른 아이들 할 것 없이 야단법석이다.

학교로 가는 길이 낯설다. 삼 년 동안 걸어 다닌 길인데도 불구하고. 학교가 아닌 낯선 곳, 한 번도 가본 적은 없지만, 이를테면 송어양식장 같은 데로 가는 기분이다. 하긴 뭐, 송어양식장이나 학교나 그게 그거겠지. 만두나 찐빵을 찌는 김이 솔솔 피어나는 분식집을 지나친다. 팬시점도. 제과점도. 모두 다, 이제는 나와 무관한 곳이 되어버린 듯하다. 오호, 저곳! 쉬는 시간이면 녀석들이 한달음에 달려가 입과 코로 연기를 뿜어내고 침을 찍찍 뱉는 도서관과 보건소 사이의 침침한 골목 입구에서 나는 걸음을 멈춘다. 우리가 떠나가면 또 다른 누군가가 저 그늘진 골목에서 한숨과 희망을 뒤섞으며 서성거리겠지. 골목 바깥의 눈치를 살피며.

"그래, 송어는 좀 잡았나?"

"……아뇨."

"니가 잡은 송어 회 좀 먹어보나 했는데."

"……졸업식 전까진 꼭 한 마리 잡아 드릴게요. 대신 선생님도 약속 하나 해주세요."

"뭔데?"

"선생님 시집 나오면 꼭 받고 싶어요."

"송어 한 마리랑…… 시집 한 권을 바꾸자?"

"예."

"정미야, 시집 속에는 꽤 많은 나무들과 물고기들, 그리고 사람들이 살고 있을 텐데, 아무래도 내가 밑지는 것 같다."

"뭐…… 더 필요한 게 있으시면 얘기해주세요."

이건 꼭 국경 근처에서 무슨 물물교역을 몰래 하는 것 같다. 담임은 내게 숨겨두었던 비장의 카드를 마침내 건네준다. 나는 얼음구멍을 통해 얼음장 밑의 송어를 끌어올리듯 그것을 펼친다. 물 밖으로 나온 무지개송어 한 마리가 내 손바닥 위에서 펄떡거린다.

"여기로 가라구요?"

눈발 한 점 섞이지 않은 바람이 분다. 얼음장을 핥고 온 바람은 살갗을 베어버릴 듯하다. 하지만 앉거나 서서 얼음구멍을 향해 머리를 구부린 송어낚시꾼들은 좀처럼 얼음장 위를 떠나지 않는다. 그들은 밀레의 그림 「만종」 속의 두 농부처럼 기도를 하고 있는 것 같다. 그들이 딛고 선 얼음장 아래의 송어를 향해. 플라스틱 맥주박스를 깔고 앉은 껌팔이 아저씨도 늘 똑같은 옷을 껴입은 채 고패질을 하고 있다.

나는 바람을 막아주는 비닐천막 안에 앉아 낚시터에서 피어나는 온갖 소리들에 귀를 기울인다. 이 작고 조용한 마을이 송어라는 물고기 하나 때문에 이렇게 시끄러워질 수 있다니 그저 놀라울 뿐이다. 그전까지는 어느 집 며느리가 농용 트럭을 몰고 가다 음주 단속에 걸려 면허 취소가 됐다는 사실 하나만으로 몇 개월을 즐겁게 지

내던 사람들이 지금은 송어 덕분에 매일 어쩔 줄 몰라 하며 허둥지둥 뛰어다니고 있는 형국이다. 더군다나 저 껌팔이 아저씨는 물을 만난 듯 송어를 낚아 올리고 있고, 설상가상…… 담임은 내게 시나 소설을 쓰는 학과로 진학하라고 하지 않는가. 이 정도면 강원도 산골마을 진부의 갑신정변쯤 되지 않을까 싶다. 내가 글을 쓰면 잘 쓸 것 같다고? 내가…… 글을…… 쓰면…… 잘 쓸 것…… 같다고…… 내가? 나오는 것도 한숨이고 삼키는 것도 한숨뿐이다. 차라리 송어낚시학과에 가는 게 현명한 선택일 것 같다. 자기는 틈날 때마다 너희들은 대학에 가더라도 글 같은 것은 쓰지 말라는 말을 달고 살았으면서…… 지금은 내게 글 쓰는 사람이 되라고 권하다니. 젠장!

눈발 한 점 섞이지 않은 바람이 부는 1월이다. 비닐천막을 헤집고 들어오는 칼바람 소리가 사납다. 얼음구멍의 살얼음은 건져내는 족족 다시 얼고 있다. 그런데…… 이쯤 기다렸으면 낚싯바늘에 걸리지 않더라도 송어 한 마리 얼음구멍 속에서 스스로 튀어 올라야 하지 않나? 해도 너무하는 것 같다. 송어낚시터의 여론을 수집하는 게 내 본연의 일이라지만, 그래도 이렇게 추운 날 낚싯대를 폼으로 들고 있는 건 아니지 않은가. 생각 같아선 얼마 전에 신 내림을 받았다는 석두산 작두보살을 찾아가 송어와 나의 궁합이라도 보고 싶은 심정이다. 그래야 졸업식 전까지 내가 잡은 송어 회를 먹고 싶다는 담탱이 소원을 들어줄 수 있을 것 아닌가.

"이거…… 가질래요?"

헉! 껌팔이 아저씨가 발갛게 언 손으로 펄떡거리는 송어를 들고 내 앞에 서 있다.

"송어를 더 풀어야 될 거 같아."
"야, 낚시꾼들 요구사항은 끝이 없어! 한번 들어주면 계속 들어줘야 돼."
"송어를 잡아보는 송어축제잖아. 송어를 잡을 수 있게 해줘야지. 그리고 부탁인데, 제발 게시판에다 거친 글 좀 올리지 마라. 응?"
"그게 너랑 나의 입장 차이다. 딱 까놓고 말해 넌 정치에 욕심이 있는 놈이고, 난 양식장 운영하며 송어나 팔아먹는 장사꾼일 뿐이다. 이게 송어를 바라보는 우리 두 사람의 근본적인 차이점이야."

축제위원과 된장서리(떡국 집 사장)는 위원회 사무실에서 송어구이를 안주로 술을 마신다. 내가 들어가면서 끊긴 대화는 나가기 무섭게 다시 이어진다. 낚시꾼들이 떠나간 얼음장엔 어둠만이 가득하다. 얼음구멍에서 찰랑거리던 차가운 물도 박빙에서부터 시작해 밤새 조금씩 두꺼워지며 얼어갈 것이다. 얼음장 아래의 송어들은 밤새 무엇을 할까. 낚시꾼들은 어떤 꿈을 꾸며 밤을 건너갈까. 다리 위에서 마지막으로 다리 아래를 일별하고 밤의 송어낚시터를 향해 걷는다. 나의 송어는 무슨 노래를 부르고 있을까. 시인 송어는? (아마 술 마시고 있을 거야.)

아직 안 늦음 : 축제장의 식당들 서비스 교육 필요합니다. 회 떠주는 데 2천 원. 쌉니다. 그러나 회만 먹나요? 쌈 필요하죠? 상추 몇 장에 마늘, 고추 몇

조각 주고 3천 원? 너무합니다. 쌈 안 먹을 테니 고추장 좀 달라 하니 간장 종지에 주면서 천 원 받습니다.

무지개송어 : 전문 낚시꾼들 아니면 송어를 잡을 기회가 적다는 거 아쉽네요. 이런 식의 행사는 사람들이 송어를 안 좋게 인식할 것 같아 안타깝습니다. 송어축제에 송어가 많지 않다면 문제지요. 송어 좀 많이 풀어주세요.

송어 아빠 : 그런데 정말로 하루에 송어를 한 번도 풀지 않나요?

축제위원 : 지금까지 송어를 10톤 정도 풀었습니다. 송어 한 마리가 1킬로를 넘지 않습니다. 계산해보면 1만여 마리가 이미 풀려 있는 것이지요. 그리고 많은 분들이 회 센터의 비좁음과 기다림에 불만을 제기하는데, 이것은 거꾸로 보면 송어가 많이 잡힌다는 얘기랍니다.

송어 킬러 : 방류한 양만 계산하지 말고 지금까지 방문한 사람을 계산해보시죠. 방문자를 대충 계산해도 한 마리씩이라도 잡으려면 적어도 50톤 이상 방류해야 하는 거 아닙니까?

송어 이야기 : 저는 아들, 그리고 친구와 가서 26수 정도 잡고 왔습니다. 두 번의 허탕 경험을 살려 메탈이나 스푼을 작고 가늘고 화려한 것으로 철저하게 준비를 했기 때문입니다. 그런데 문제는 주최 측입니다. '낚시 그만하고 가라. 충분히 잡았지 않았느냐. 혼자 다 잡으면 다른 사람은 뭘 잡냐'하더군요. 잡은 송어를 못 잡은 사람들에게 나눠주었는데도 말입니다. 듣기 좋은 말은 아니었지요. 물론 가장 중요한 것은 누구나 한 마리씩 잡을 수 있도록 송어를 많이 푸는 거겠지요. 아참, 잡은 고기는 정말 맛이 좋았습니다!

루어 : 손맛 입맛 제대로 보신 것 같군요. 저도 여러 방법을 써보았는데 안 되더군요. 제가 생각하기론 아침 일찍 사람들 적을 때나 해질 무렵에 입

질이 활발할 것 같은데 9시 입장에 5시 폐장이라…… 그냥 왔다 가라는 얘기겠죠.

지나가다 : 축제위원님의 글 상당히 거슬리네요. 송어 못 잡는 사람들 비아냥거리는 것처럼 보입니다.

송어 마니아 : 저도 동감입니다. 축제위원님, 기존의 물속 송어 포기하고 꾸준하게 매일매일 방류하기 바랍니다.

축제위원 : 여러분들의 글 참으로 재미있군요. 물론 축제위원으로서 많은 분들이 많은 재미를 느끼기를 진심으로 기원합니다. 현장에서 느끼기엔 대다수의 체험객님들께서 많은 행복 즐건 추억 나누기에 저는 그저 행복하며 나름 저 하늘에 별처럼 두루뭉술 행복합니다. 한편으론 안타깝습니다. 왜냐구요? 많은 분들의 아픔의 글들을 접하니까요. 많은 분들의 손맛을 보고 싶습니다. 저 역시 손맛을 간접적으로나마 접하고 싶은 솔직한 심정 이해해주십시오.

해적 선장 : 축제위원님의 글, 흠…… 무슨 말씀인지 도통 알 수가 없군요. 드디어 해탈의 경지에 이르신 거 같네요.

맙소사! 축제위원이 된장서리와 술을 마시더니 결국 폭탄을 터뜨렸다. 술 취한 송어들이 한꺼번에 쏟아져 나오고 있다. 빨리 전화해서 밤거리를 배회하는 취한 송어들을 잡아들이라고 해야겠다. 송어 스파이의 역량을 발휘할 순간이다. 내 마음속의 송어는 어디에 있는지 아직 오리무중인데 다른 이의 송어는 왜 이렇게 잘 보인단 말인가.

"무슨 꽈?"

"문예, 창작학과!"

"거기가 뭐 하는 데냐? 송어 잡는 데는 아니지?"

"시나 소설 쓰는 데야."

"정미야…… 넌 어렸을 때부터 일기도 잘 안 썼는데."

"지금부터 쓰면 되지! 근데…… 등록금은 있어?"

"송어 구경은 언제 시켜줄 거냐?"

토요일인데다 날씨마저 풀린 터라 송어낚시터는 주인 없는 얼음 구멍이 거의 없어 보인다. 더군다나 심심찮게 송어가 올라오고 있는 추세다. 이건 기밀사항인데, 주말이라고 평일보다 훨씬 많은 수의 송어를 방류한 결과다. 요즘 진부 사람들의 공통 화제는 오로지 송어뿐이다. 잡은 송어와 못 잡은 송어, 그리고 얻어먹은 송어 이야기를 어디에서나 들을 수 있다. 그뿐이 아니다. 세 부류의 송어 이야기에서 가지를 친 수많은 이야기들이 꽃을 피우느라 바쁘다. 하물며 잡아놓은 송어를 잠시 한눈팔던 사이 지나가던 도둑고양이가 훔쳐간 사건까지. 그런데…… 이게 뭐야! 왜 내 낚싯대는 한 번도 휠 생각을 안 하는 걸까. 이정도 낚시를 했으면 꿈에서라도 송어를 낚아야 하는데 피라미 한 마리 나타나지 않았다. 창피하고…… 왠지 모르게 불안하기까지 하다. 주변에 다른 낚시꾼들만 없다면 못 피우는 담배라도 몇 모금 피우고 싶은 심정이다. 껌팔이 아저씨의 소주라도 훔쳐 마시고 싶다. 껌팔이 아저씨는 히히 웃으며, 침을 흘리며, 늘 술에 취했는데도 불구하고 매일 꾸준히 송어를 낚고 있다.

"싫어요! 제가 잡을 거예요."

엊그제 나는 송어를 주고 싶어 하는 껌팔이 아저씨의 성의를 매정하게 거절했다. 사실 그가 들고 있던 송어가 더럽게 느껴졌다. 그가 주는 송어를 받는 게 창피했다. 송어를 거절하자 그는 어쩔 줄 몰라 했다. 그러는 사이 두 손 사이에서 꿈틀거리던 송어는 펄쩍 뛰어올라 내 앞의 얼음구멍 속으로 도로 들어갔다.

껌팔이 아저씨는 가끔 나를 보며 히죽히죽 웃는다. 조금 미안하다. 예전 같으면 시선이 마주치기 무섭게 얼굴을 돌려버렸겠지만 지금은 천천히 고개를 숙여 시선을 얼음구멍에 고정시킨다. 그가 또 송어를 가져온다면? 에고, 나도 몰라! 나의 미모가 원수지, 원수. 그나저나…… 애들, 이거 정말 너무하는 거 아냐. 예의상으로라도 한번 물 밖으로 얼굴을 보여줘야 하잖아. 사람 차별하는 거야, 뭐야. 송어가 잡히지 않는다고 욕을 하며 얼음장을 떠나가는 사람들의 심정이 충분히 이해가 간다. 하지만 그렇다고 지난 번 수능 시험 때처럼 중도에 책상을 박차고 일어나면 안 되겠지. 더 이상 안 되겠지……

정미야, 니가 잡을 송어 기다리다 굶어죽겠다.

귀신같은 담탱이의 문자 메시지다.

저는 나온다 나온다 하면서 안 나오는 선생님 시집을 2년 동안 기다렸어요!!! 좀 참으세요.

정곡을 찔러야 잔소리가 조용해진다.

시집 나왔다.

"니가 무슨 자선사업가냐? 그렇게 송어를 마구 퍼주게."
"송어축제잖아."
"요즘은 가는 곳마다 축제가 넘치는 세상이야. 축제장만 찾아다니는 갈매기 떼가 관광객들이고. 갈매기들 입맛을 모두 맞출 수는 없는 거야!"
"송어축제를 만든 건 우리잖아. 성공한 축제로 만들어야 하는 것도 우리고."
"하루에 만 명의 낚시꾼이 송어 잡으러 왔다고 만 마리의 송어를 풀 수는 없는 얘기라고. 한 마리씩만 잡아도 끝이잖아! 그럼 우린 뭘 해야 되는지 알아?"
"잠깐! 송어가 다 잡힌다는 보장은 없잖아?"
"그건 아무도 모르는 송어의 마음이지. 하지만 인간이나 동물이나 미끼 앞에서는 약해지게 된단 말이야. 야, 그래서 내가 양식장에서 어떻게 했는지 알아? 이곳으로 갈 송어들을 일주일 동안 굶긴 게 아니라 일부러 배터지게 먹이를 줬단 말이다."
"……그런 건 얘길 했어야지. 그건 너 혼자 결정할 문제가 아니잖아?"
"니 거지 되는 거 막으려고 그랬다. 그놈의 군의원이니 도의원 배지에 맘이 홀려 있는 이상 니는 사비를 들여서라도 송어를 갈매기들 입에 넣어줄 테니까."

"정미야, 이 얘긴 못 들은 거로 해라. 비밀 꼭 지키고."
"예."
"괜찮아! 문제될 거 없어. 되더라도 내가 책임질 거니 걱정하지 마!"
"저 갈게요. 저번처럼 또 취해서 게시판에 글 올리지 마세요!"
"정미야, 이 친구 나중에 군수 되면 니가 비서 해도 되겠다!"
"저는 시인이 될 거예요."

오늘 저녁도 축제위원과 된장서리는 사무실의 연탄난로 옆에 앉아 술을 마시며 송어 이야기로 열띤 씨름을 한다. 오늘은 새로운 사실을 알았다. 송어의 마음이라. 얼음장 아래에서 헤엄치는, 아무도 모르는 송어의 마음을 얻으려고 추운 겨울날 사람들은 밤과 낮을 가리지 않고 손을 비비고 발가락을 꼼지락거린다는 사실을. 그러고 보니 나도 아직 은빛 송어의 마음을 얻지 못한 듯하다. 근데…… 껌팔이 아저씨는 어떻게 얻었지?

다리 위에서 보니, 얼음구멍이 질서정연하게 뚫려 있는 얼음장은 바둑판이 아니라 오대산 월정사의 적광전 넓은 법당처럼 보인다. 크크! 나도 동안거에 들어간 스님들처럼 한 소식 한 건가?

여행객 : 송어 축제라고 해서 스키장행을 미루고 아이들과 함께 갔는데, 이게 뭡니까, 송어는 구경도 못했습니다. 바람이 거세지고 추워질수록 불만이 커졌고 누구에게 주워들었는지 아이들 입에서 "송어축제 완전 사기다!"라는 말까지 나왔네요.

공갈 송어 : 얼음이라도 밟아보셨군요. 저는 사람이 많다고 들여보내주지 않아 소달구지 한번 타고 그냥 서울로 왔답니다.

산천어 : 이거 안 봤으면 큰일 날 뻔했네요. 갔으면 여자 친구의 원성만 듣고 왔겠네요. 뭐가 이래!

빙어 : 저는 튜브웜 다운샷으로 15마리 잡았는데요. 잡아서 못 잡으신 분들한테 나눠주고 왔는데. 채비만 잘 준비해서 가면 잡는데 아무런 준비 없이 가시는 것 아닌가요? 다들 막스푼만 흔들고 있으니…… 운영진에게 따지기 전에 송어 잡을 채비 먼저 하심이 어떨지.

평창 군민 : 어제 다녀왔습니다. 두 시간 가까이 했는데 송어 잡는 사람 두 명 봤습니다. 1인당 두 마리까지만 가져갈 수 있다는 표지판을 보고 쓴웃음을 지으며 돌아왔죠.

송어 꽝 : 네. 진짜 송어 없습니다. 저도 좀 한다하는 꾼인데 가족들 보기 민망하더군요.

가려던 이 : 저도 화천 산천어축제나 가야겠네요. 소설 속에 나오는 평창이나 역사 속에 나오는 평창은 좋은 곳인데, 왜 이렇게 변했을까요?

송어의 마음 : 나는 참을 만큼 참았다

　　　　　　나는 7년 동안 낚시를 하러 갔으며

　　　　　　단 한 마리의 고기도 낚지 못했다

　　　　　　나는 낚싯바늘에 걸린 송어를 전부 놓쳐버렸다

　　　　　　그것들은 펄쩍 뛰어오르거나

　　　　　　또는 몸을 비틀어 빠져나가거나

　　　　　　또는 몸부림쳐서 빠져나가거나

또는 나의 리더를 부러뜨리거나

또는 수면으로 떨어지면서 빠져나가거나

또는 자신의 살점을 떼어내면서 빠져나갔다

나는 송어에 내 손을 대본 일조차 없다

이러한 좌절과 당혹스러움에도 불구하고

나는 믿는다,

그것이 대단히 흥미로운 실험이었음을

놓친 송어의 총계를 생각해볼 때

그러나 내년에는 다른 어느 누군가가

송어낚시를 하러 가야만 할 것이다

다른 어느 누군가가 그곳으로 가야만 할 것이다

— 알론조 하겐의 「미국의 송어낚시 비문」

슬픈 일이 벌어졌다. 껌팔이 아저씨가 그 주인공이다. 아저씨는 모두 잠든 겨울밤 얼음장 위에서 맥주 박스에 앉아 낚시를 하다 영원히 잠들었다. 아저씨 옆에는 빈 소주병 세 개가 놓여 있고, 품에는 얼어버린 송어 한 마리가 있었다고 한다. 아저씨는 왜 한밤중에 송어낚시를 하러 나왔을까. 낚시꾼들이 잠든 깊은 밤, 얼음 아래의 송어가 아저씨를 부른 걸까. 너무 춥고 고독해서 이야기를 나눌 사람이 필요하다고. 다른 이들은 모두 송어의 요청을 거절했는데 마음씨 착한 아저씨는 뿌리치지 못하고 나온 것만 같다. 아저씨가 낚시를 했던 얼음구멍은 지금 비어 있다. 나는 그 옆에다 흰 국화 한 송이를 갖다 놓았다. 아저씨가 내게 주려고 했던 송어를 받지 않은 게 자꾸만 후회된다.

길고 깊은 겨울밤에 아저씨와 송어는 무슨 얘기를 나눴을까. 그때 나는 무슨 꿈을 꾸며 잠들어 있었을까. 이제 며칠이 지나면 진부의 송어낚시는 끝을 맺는다. 낚시꾼들이 앉아 있는 이 얼음장도 사고를 우려해 모두 깨버린다고 한다. 모두가 떠나갔는데 바보 같은 껌팔이 아저씨만 떠나지 못하고 차가운 물 위에 앉아 낚시를 하는 장면이 자꾸만 떠오른다. 나도 송어 스파이로서의 임무를 마치고 떠나가야겠지. 곧 졸업을 하니 진부도 떠나야만 하겠지. 그런데…… 잡지 못한 송어와 함께 떠날 수는 없는 걸까.

얼음구멍 속의 물은 여전히 흐리고 송어는 보이지 않는다.

"담탱이가 마침내 시집을 냈어."

"……"

"너, 좀 너무하지 않아? 얼굴 정도는 보여줄 수 있는 거 아냐?"

"……!"

"고마워."

"……?"

"그냥 고마워!"

작가의 말

　이 소설 속의 주인공처럼 사실 나의 첫 교내 백일장 응모 작품도 어느 학생잡지에서 다른 사람이 쓴 글을 절반쯤 훔쳐온 것이었다. 그때 나는 장려상을 받았다. 그 상을 계기로 장차 글을 쓰는 사람이 되면 좋겠다고 내심 꿈꾸었는데, 한편으론 도둑질이 발각될까 봐 되게 불안했었다. 설상가상으로 겨울이 되자 그 글은 교지에까지 덜컥 실렸다. 전교생들이 한 권씩 가져가는 교지에. 그렇다고 이 소설 속의 주인공처럼 칼을 들고 교지에 실린 글을 몰래 잘라낼 수도 없었다. 생각해보라, 어떻게 그 많은 전교생의 집을 일일이 방문한단 말인가. 결국 나는 내가 가져온 교지의 그 부분만 잘라냈다. 일단 내 눈이라도 가려야만 했기에.
　다행인지 아닌지 모르겠지만, 나의 글 도둑질은 발각되지 않았다. 하지만…… 그 후로…… 오래…… 소설가가 되고 나서도 나는 괴로웠다. 아무도 그 사실을 몰랐기에 더욱 고통스러웠다. 사실 살아오면서 나는 그 일을 잊으려고, 기억하지 않으려고, 아무 일 아니라고, 애써 고개를 끄덕거리곤 했지만, 그때도 나는 뭐가 잘못된 건지 제대로 알지 못했다.

남의 글을 훔친 사실이 들통이 나고 안 나고, 반성문을 쓰거나 벌을 받느냐 안 받느냐의 문제가 결코 아니었다. 내가 도둑질한 글은 반성문의 울타리를 이미 훌쩍 뛰어넘은 지 오래였다. 그것은 바로…… 내 마음을 내가 오래 공들여 가꾸지 않고 다른 이의 공들인 마음이 마치 내 것인 양 착각한 채 그때껏 살고 있었다는 것이다. 더욱이, 세상을 살아오면서 내가 내 발에 걸려 넘어졌을 때 내 힘으로 일어서려 하지 않고 목청 높여 울며 자꾸만 주변을 두리번거리는 게 버릇이 됐다는 것이다.

무서웠다.

이 소설은 그러했던 내가 오랜 시간이 흐른 뒤에 쓴 목련꽃 반성문이다.

그리고 「진부의 송어낚시」가 있다. 나처럼 비겁하지 않고, 우물쭈물하지 않고, 눈보라 몰아치는 한겨울에 낚싯대를 들고 얼음구멍 앞으로 담담히 걸어간, 내 조카처럼 어여쁜 정미의 송어낚시 이야기다. 비록 그 겨울 내내 한 마리도 잡지 못했지만, 손이 시리고 발가락이 곱아오는 가운데도 송어의 마음을 얻으려는 정미에게 응원을 보낸다.

우리들의 송어낚시는 오래 계속될 것이다!

2010년 여름
대관령에서
김도연